可《か》及《きゅう》的《てき》に、すみやかに

山下紘加

中央公論新社

目次

装　幀
山影麻奈

写　真
kohei_hara／ Getty Images
Sarah Rypma／ Adobe Stock
bigpapa／ Adobe Stock

可及的に、すみやかに

掌中

昨晩、落雷があった。それは、ちょうど幸子《さちこ》が布団に入った夜の十時頃から鳴り出し、時間の経過とともに激しさを増した。浅い眠りから目覚めた幸子は、湿った掛布団を頭まで被り、枕とシーツの隙間に手を滑り込ませる。幼い頃、何か恐怖を感じた時にとっていた体勢とまったく同じだった。しわの寄った枕カバーに鼻先を擦りつける。枕に染みついた自分の匂いが、幸子の緊張をわずかにやわらげる。一瞬の隙をつくように再び雷鳴が轟く。風雨で建物がきしみ、窓ガラスに巨大な雨粒が叩きつけられる。轟音に、幸子は、いま自分が雷に打たれた錯覚さえ抱いた。低く唸り、縋《すが》るようにスマホを手に身体を起こしたが、人工的な光を放つ画面を見つめるうち、冷静さを取り戻す。深夜一時。じっとしているだけというのに、神経を張り詰めていたせいか、こわばった身体の節々が痛んだ。パジャマの襟元を掻き合わせ、しずかに身体を横たえる。断続的に発生する強烈な光と音に竦《すく》みながら、明かりの消えた部屋の中で、幸子はひとり息を凝らした。

朝方、下から突き上げてくるような揺れを感じ、幸子は目覚めた。一瞬の揺れの後すぐに静けさに包まれた部屋の中で、昨夜の雷を幻のように感じる。しかしＳＮＳを開くと、検索画面のトレンドに「雷の後に地震」とある。幸子は、起き抜けの鈍い関節を曲げて画面に触れた。

――雷やばい死ぬかと思った家揺れてた

――雷終わったと思ったら今度は地震

――雷の後に地震きて死んだ

無数のユーザーの一面的な恐怖がハッシュタグとともにつづられており、幸子は自分がきちんと世界と接続しているようで安心する。スマホを閉じ、布団をたたんでから部屋を出た。日の当たらない廊下を覚束《おぼつか》ない足取りで進み、もう何年も立ち入っていない洋室の前で足を止める。変色した壁。軋む床。部屋の前で、息子がうずくまっている。――蒼汰《そうた》。呼びかけるが、応答はない。触れると幻影は散り、廊下にできた小さな洗濯物の山に、幸子の片手は沈んでいる。腰を屈めて両手で抱え上げ、衣服の中に顔を埋めた。

洗面所でガス給湯器の電源を入れたが、水からお湯に切り替わるまでの時間が惜しく、やきもきしている間にも冷水で顔を洗い終わる。濡れた顔を両手ではたいているうちに、張りのない肌から水滴が弾かれ、やがて乾く。瞼《まぶた》の際に付着した頑固な目やにを、短い爪先で引っ掻くように取ると、幸子は汚れた衣類を洗濯機に入れ、スイッチを押した。

向かいの遊歩道に広がる木々には、もうじき桃色のつぼみが色づき始める。幸子はベランダの柵に手をついて、見慣れた朝の風景をぼんやりと眺めた。昨夜の雨で濡れた通りに陽光が射しこみ、黒く伸びた幹や枝が切り絵のように影を落としている。細くもつれ合う枝が寒々しいが、それを支える樹心は逞しかった。

駅から少し離れた川沿いの家は、春になると自宅にいながら花見ができる。遊歩道には、立ち止まって観賞したり、スマホをかざして撮影する人々が行き交った。幸子は、その美しさとは裏腹に、桜を見るとどこか気もそぞろになる。桜の色なのか、花びらの密集体なのか、散る儚《はかな》さなのか、楚々とした神秘的な景観はいつも幸子の気持ちを掻き立て、乱し、脅かしてくる。

濡れた衣類の塊を腰を屈めてつかむ。蒼汰のトレーナーの皺を伸ばしながら、袖口がほつれていることに気づき、後で繕わなければと心に留めてハンガーを手に取った。

リビングに戻ると、部屋から出てきた夫が落ち着かない様子で棚の上の置物を移動させていた。

「ちょっと！　それ、どこに持っていこうとしてる？」

皺の寄った大きな手のひらが頂点で輝くゴールドの球体を掴んだ瞬間、幸子は声を張り上げて咎《とが》めた。球体を支える硬い台座が宙に浮く。露になった棚の表面には、正方形の跡がくっきりと残っている。球体と台座の接合部に結ばれていた赤いリボンがほどけて床に落ちた。台座の中央にあるプレートもやはりゴールドで、そこには黒字でチーム名が刻まれている。小学生の頃、蒼汰が所属していたサッカーチームが優勝した時のトロフィー。赤いリボンは母の日にくれたプレゼントの包装に使われていたものを、幸子がトロフィーに巻きつけた。華やかな赤が、ゴールドのトロフィーによく映える。

「奥の和室に。いつまでもここにあったら邪魔だろ。掃除もしづらいし」

「勝手なことしないで。だいたい、あなたは普段掃除なんてしないじゃない」

幸子は夫に近づき、彼の手の中で粗野に扱われた息子のトロフィーを取り返した。慎重に抱きかかえ、そっと棚の上に戻す。リビングの棚は、蒼汰であふれている。トロフィーに賞状、中学の時に制作した電気スタンド、修学旅行のお土産として友達とお揃いで買ってきた小さなオルゴール、部活の後輩から卒業祝いにもらった色紙。棚の引き出しには、好成績だったテスト用紙に、通知表、同級生からもらった手紙や年賀状まで丁寧に保管してある。

幸子は足元に落ちたリボンを拾い上げ、いつも手入れをしている柔らかい布で球体に付着した手垢を拭った。夫が呆れたように俯《うつむ》いて首を横に振る。急に片づけのスイッチが入ることがあり、目についたものを勝手に移動させるので、幸子はそのたびに憤りを覚える。休日になると暇を持て余した最近の夫は、その傾向が顕著になっていた。

「あれはさすがにいらないだろう」

壁に貼られた半紙を指さして、夫が片頬をゆがめる。半紙の中央に大きく筆で書かれた子供らしからぬ迫力を携えた「進歩」の文字、その四つ角には、剝がれては何度もセロハンテープで貼りなおした跡が残っている。

「いるに決まってるじゃない。あれは蒼ちゃんがコンクールで入選したときの書写なんだから」
剝がれそうなテープの箇所を指の腹で強く押さえつけると、黄ばんだ接着面の名残が、甘い蜜のように指先に付着した。

片づけを断念し、ソファでテレビを観始めた夫の横で、幸子は午後の外出の際に支払う公共料金の請求書をまとめてバッグに入れた。代わりにバッグの中に入れっぱなしだったレシートを取り出し、ルーペを使って細かい文字を眺めながら、まとめて家計簿に計上する。途中でレシートの中に身に覚えのない商品名を見つけ、眉をひそめる。記憶を遡っていくと、すぐに思い当たった。節《せつ》さんだ――長森節子《ながもりせつこ》さん。彼女は幸子が保険外交員をしていたときの顧客で、家が近所なのもあって未だに交流が続いており、節さんが昨年の春に足を骨折してから頻繁に買い物を頼まれるようになっていた。バッグの内ポケットを探り、折りたたまれた紙幣と小銭の収まった小さながま口を取り出す。先日、節さんに買い物を頼まれ、いつものようにがま口を託された。そこから現金を取り出して支払えば良かったのだが、レジが混んでいたので幸子の財布からまとめて支払ったのだ。後で精算すればいいと思いながら、品物だけ届けてお金のことをすっかり失念してしまっていた。

こまごまとした雑務を済ませ、時計を見ると十一時だった。幸子はテーブルの上を片付け、昼食の支度に取り掛かる。テレビを観ていた夫が急にソファの背に腕をもたせ、声を張った。

「そういえば、昨日いずみから電話があってさ」

「ええ」

「この前泊まりに来た時、忘れ物したって」

「何を？」

「なんか化粧品だって。顔につけるクリームらしい」

幸子はすぐに気づいたが、わからないフリをして首を捻る。

「そんなのあったかしら」

開いた冷凍庫から食パンの袋を取り出し、張り付いたパンの間にバターナイフの先端を差し入れて剝がす。砕氷がシンクの上に落ちて溶けた。

「探してみてくれよ。俺じゃよくわからないからさあ」

「そんなの、また買えばいいじゃない。いずみさん、お金持ちなんだから。子供もいないし」

「あいつはかなり自分に投資してるからな」

「そうねえ」

「実際若いよな。おまえより五つも上なのに」

食パンをトースターに入れ、タイマーをまわす。朝、顔を洗ったきり化粧水もつけていない幸子の肌はいつになく強張っている。瞼が重い。たるんだ頰の肉も、腕も尻も、重力で下がった何もかもが重い。

「あといずみがさ……蒼汰のこと何とかなんないのかって」

幸子は黙って冷蔵庫から昨晩の残り物が入ったタッパーを取り出す。夫は構わず、喋り続けた。

「何とかなんないのかって言われてもなあ。何とかなるんだったらとっくに何とかなってるよなあ」

トースターの扉を開き、熱くなった庫内から食パンを取り出す。夫がソファから立ち上がり、食卓につく。

「いずみさん、私には言ってこない」

「ん？」

「私にはそういうこと……蒼汰のこと、何も言ってこない」

「そりゃあおまえに直接は言わないだろ。それくらいあいつもわきまえてるよ」

わきまえてる、と幸子は小さく夫の言葉を繰り返す。わきまえているのなら、夫にも何も言わないでほしいと思いながら、用意した皿の上に表面の焦げた食パンをのせた。

「でもほんとにさあ、なんであんなになっちまったんだろうな。育て方まちがえたのかねえ」

幸子が返事をせずにいると、夫もそれ以上何も言わなくなる。夫がパンを齧《かじ》る音とテレビの音だけがリビングに響いた。

昼食をとった後、洗面所で義姉《あね》が忘れていった美白クリームを自分の顔に塗ってから幸子は買い物に出た。

自宅前の遊歩道を歩きながら、霞んだ目を数度瞬かせる。鼻をひくつかせるも、何の匂いもしない。春の柔らかで長閑《のどか》な満ち足りた空気に目を細めながら、幸子はなぜか殺伐とした心持になる。近所の小学校があるY字路まで来ると、幸子は歩調を緩めた。校庭で、白いツバ付きの帽子を被った児童が一塊になって身体を動かしていた。遊戯なのか、あるいは何かの競技なのかはわからない。毎年五月に開催される運動会の出し物のひとつなのかもしれない。やがて白い群れは渦を巻くようにして中心に集まったかと思うと、個々に分散していった。高らかに響くホイッスルの音が幸子の長閑な見物を規制するようにこだまする。幸子は校舎からじりじりと後退した。と、小柄な男児がひとり、幸子の方に向かって駆けてくる。しなやかな足が地面を蹴るたび砂塵《さじん》が舞い上がる。彼はボールを追いかけている。勢いよく飛ばされたボールはコンクリートの上で弾み、何度か跳ねた後、校舎の隅《すみ》に落ち着いた。幸子は再び校舎に歩み寄り、ボールを目で追いながら無心で手を伸ばす。敷地の周囲を覆うフェンスがあることも忘れて。幸子の手がフェンスに触れるのと、息を切らして駆け寄ってきた男児がボールを拾うのがほぼ同時だった。かがんだ拍子に地面と擦れ、膝小僧に付着した砂を小さな手で懸命に払っている。フェンスのダイヤ目に指をかけ、幸子はしずかに見守った。顔をあげる男児の、垂直に持ち上がったツバの裏側が赤い。ボールを小脇に抱え陽射しを遮るように翳《かざ》した細い腕の合間から紅潮した頰がのぞき、その表面で桃の皮のような薄くやわらかい産毛が燦然《さんぜん》とかがやいていた。男児が首を傾ける。日中の陽射しは容赦がなく、小さな影を逃すまいとまとわりつくように男児の顔を照らし、端正な肌の凹凸を際立たせる。髪の生え際から、汗の溜まった眉間、細い鼻梁を辿り、小鼻の下に沈むなだらかな窪みに光が集約されていた。男児が幸子の存在に気づく。気づいた拍子に開いた唇から声にならない言葉が発せられる。彼はいちど開いた唇を閉じようともせずに緩めたまま、束の間、明らかな余所者《よそもの》に見入った。その目に驚きはなく、好奇もない。幸子は急に心もとなさを覚え、フェンスから手を離し、逃げるようにその場を立ち去った。男児から離れても彼の虚ろな口が幸子の頭から消えなかった。

エスカレーター横の鏡張りの壁に、白髪交じりのおばあさんが映っている。覗き込んでよく見れば、それは幸子だった。マスクのワイヤーのあたりをつまんで顎下までずらす。しばらく放っておいた間に、白髪が大分目立ってきてしまった。耳の上あたりに密集した白髪、眉間に刻まれた縦皺、こめかみの色濃い染み、目袋の膨らみ、頬のたるみ――。目につくところは山のようにあったが、美白クリームを塗ったせいか、いつもの黄黒い肌が幾らか白く感じられる。幸子はずらしたマスクを元に戻し、鏡から視線を逸らした。

地階に降りると、身体がいつもの動きを把握して勝手に動く。並んだカートの持ち手を手前に引くのとカゴを持ち上げるのがほとんど同時だった。カートのフックに財布の入ったバッグをぶら下げてから、今日はあまり買うものがないことを思い出し、カートだけ定位置に戻す。野菜や生鮮食品など必要な品物をカゴに入れ、上りのエスカレーターへ向かう途中、化粧品の棚に目が止まる。美白有効成分、美白化粧水、美白乳液、美白UVクリーム、美白ファンデーション——。気が付けば、いくつもある美白クリームの中から、義姉が使っていたものを探していた。記憶の中にあるパッケージと似た商品を見つけ、手に取る。商品の効能を確かめようと四角いプラスチックのパッケージで覆われた裏面を見たが、細かい文字の羅列に尻込みし、笑って小さくかぶりを振った。こんなもので白くなるはずがない。価格を見る。スキンケアからは大分遠ざかっていたこともあって相場がわからず、これが安いのか高いのかもよくわからない。幸子は商品を戻した。

売り場に人はまばらだった。ごくたまに買い物カゴを持った客が陳列棚の横を通り過ぎていくのが視界に入ったが、足を止めるものは誰もいない。幸子は買い物カゴとハンドバッグを左手に持ち直した。バッグの中身は、覚えている限りでは、財布、スマホ、携帯用のアルコール消毒液、ハンカチが入っている。中は暗く見えない。ファスナーはなく、真ん中だけスナップで留められた左右の隙間から暗澹とした底が覗く。行きの道で見た男児の口と暗いバッグの底が脳裏で重なった。先ほど棚に戻した美白クリームを、もう一度手に取る。握りしめたまま、幸子はしばらく逡巡《しゅんじゅん》するように化粧品売り場を眺めた。試供品の横に取りつけられた手垢だらけの小さな丸い鏡に、落ち窪んだ瞼が映る。急に鼓動が早くなった。気づいた時には自分の手汗で湿った商品をバッグの隙間から底に向かって落としていた。商品は財布か何かにぶつかって暗闇の中で着地した。急いでエスカレーターを上がり、レジの前で足を止める。前の客が会計を済ませ、幸子が進み出た瞬間、店員が幸子に近寄った。身体が硬直し、一歩も動けなくなる。次の瞬間、幸子の腕の負担が軽くなった。店員が手を伸ばして幸子の腕にかかっていた買い物カゴを自分の方に引き寄せたのだ。突然の出来事に面食らったが、幸子は平静を装った。バッグから財布を取り出し、いつものようにポイントカードを提示する。

会計を終えると逃げるようにカゴを持って移動し、袋詰めを行った。生鮮食品を薄いポリ袋に入れる作業がもどかしく、事前に用意したエコバッグに直に詰め込む。

外に出ると春の陽光が幸子をやさしく包んだ。幸子は奇妙な達成感とともに、下腹部の辺りから何かあたたかくゆるいものが流れ出ていくのを感じる。冷汗をかいていた。バッグからハンカチを取り出すついでに中身を確認する。手にしたものはきちんとバッグの底に収まっていた。美白を謳う商品のパッケージに急に生々しさを覚える。

「須藤《すどう》さんじゃない？」

不意に背後から肩を叩かれ、幸子は右肩にエコバッグを、左手にハンドバッグを握りしめたまま硬直した。

声の主は振り返らない幸子の前にまわりこんでにこやかに笑いかけてくる。蒼汰の同級生の母親で、近所に住む津田《つだ》さんだった。

「やっぱり須藤さんだ！　お元気？」

「あら……」

強張った表情を緩めながら、幸子は渇いた喉の奥から声を絞り出す。

「いや、ちょうどこの前、先週の土曜日だったかしら。ここで須藤さんのことお見かけしたのよ。その時も声をかけようと思ったんだけど、気づいたら見失ってしまって――蒼汰くんは、最近どうしてるの？」

「ええ、相変わらず……仕事が忙しいみたいで、連絡はほとんどありませんけど」

「ほんと、蒼汰くんはさすが、立派だわぁ。ご結婚は？」

最後に姿を見たのがいつかもわからない息子の顔を思い出そうとし、幸子は言葉を詰まらせる。蒼汰が幼い頃、この子もいつか遠くに行ってしまうなどとさびしく感じていたが、実際には幸子が想像していたよりももっとずっと遠くに行ってしまった。

「結婚は、まだ……。付き合ってる人はいるみたいなんですけど、息子はあんまり、形式にこだわらないタイプというか……」

「ああ、わかるわ。わかる。最近よくいるものね。そういう考えの方。すすんでるわ、蒼汰くんは。さすがだわ。でもねえ、結婚もいいものよ。古い考え方かもしれないけど」

話しながらじりじりと接近してくる津田さんの視界にバッグが映らないよう、幸子はさりげなく後ろ手にまわす。品物の詰まったエコバッグの持ち手が洋服越しに右肩に食い込む。津田さんはいつからこんなに饒舌になったのだろう。出会った頃はもっと控えめな人だったような気もするが、幸子にはうまく思い出せなかった。

幸子はハンドバッグの持ち手を強く握りなおし、首を縦に機械的に振った。考えすぎなのかもしれないが、蒼汰の同級生の母親と道でばったり会うと、近況を報告するうちになんとなく、幸子の、あるいは蒼汰の瑕瑾《かきん》探しをされているような気持ちになってしまう。

津田さんの息子である智也《ともや》くんと蒼汰は、幼稚園から中学までずっと一緒だった。蒼汰は幼稚園の頃、活発で頭の回転が速く、智也くんは逆に大人しくて鈍くさかった。機転の利《き》く子もいればそうでない子もいる。そんなことはわかっていたつもりなのに、グループで何かを披露する際、同じグループに智也くんがいると、幸子は露骨に嫌な顔をした。自分の息子の足を引っ張る存在が疎ましかった。智也くんがいるだけで秩序がみだれる。うまくいくものもうまくいかなくなる。個人の評価が全体の評価につながる。幸子は智也くんを別のグループへ誘導したこともあった。振り返ってみればひどく残酷な行為だったと思うが、当時の幸子は自分の息子しか眼中になかった。

津田さんの声で我に返る。

「うちの息子は大したことないけど、でもお嫁さんはいい娘でね。この前も、私の誕生日にお花とメッセージカードを送ってきてくれてねえ、気が利くでしょう。嫁なんだからそれくらいできて当然っていう人もいるでしょうけど、でも、誕生日をちゃんと覚えていてくれたのがなんだか嬉しくってね」

口元に笑みを浮かべながら幸子は相槌を打ち続ける。打ちながら、マスクで口元は相手に見えていないことに気づく。重たい頬の筋肉を押し上げたせいで、マスクのワイヤー部分が、かさついてこわばった皮膚に食い込む。湿った息が白い布の内部で澱《おり》のように溜まった。

「……ごめんなさい、ちょっと……急いでいるので」

津田さんの反応を待たずに、幸子は背を向けて歩き出した。しばらく歩き、人気《ひとけ》のない路地裏まで来ると、再びバッグを開く。中身を確かめて安堵する。罪悪感をさほど感じないのは行為のあっけなさとどこか他人事のように感じられるせいだろうか。人の目を潜り抜けたという感じがしなかった。品物をバッグに入れた瞬間、誰も幸子を見ていなかった。高揚感が、店を出てからもずっと続いている。

幸子は自宅が近づくにつれ、しかし少しずつ不安を覚え始め、帰宅後いてもたってもいられずスマホで万引きについて検索をかけた。防犯カメラによる身元の特定や後日逮捕の可能性が掲載された記事やQ&Aサイトを眺めては、感情がはげしく乱高下する。しまいには自分の名前で検索をかけたり地元の掲示板を覗いてみる始末だったが、常習者のまるで悪びれる様子のない書き込みをいくつか目にするうちに、不安は徐々に和らいでいった。幸子が帰りに節さんの家に寄るつもりだったのを思い出したのは随分経ってからだった。

自宅の冷蔵庫に異変を覚えたのは、それから数日後のことだった。冷凍室の中の食品が溶けていたのだ。幸子は何か天罰のようなものがくだった気がしないでもなかったが、その単純な考えは自身の怯懦《きょうだ》な性格をそのまま物語っているようだった。

ショッピングセンターまで冷蔵庫を見に行くことを思い立ち、冷凍室の中の食材の表面についた水滴に触れ、品質の不安なものだけ外に出しながら、慌ただしく夕食のメニューを変更する。本当は冷蔵室の木綿豆腐で豆腐ハンバーグにでもしようと考えていたのだが、鮭のマヨネーズ焼きを作ろう。たしかブロッコリーがあったはずだから、それも添えて——などと考えながら屈んで野菜室を開くと、腰に鈍い痛みが走った。

五十代半ば頃から度々訪れる腰痛は、作業中など何かの拍子に起こる。それが数日間にわたって長引く時もあれば少しの休息で回復する時もあって、まちまちだ。横になるとかえって痛む場合があり、動いているうちに楽になるケースが多い。しかし、今日はどうにも家事がままならない。夫が仕事なのをいいことに湿気たおかきを齧りながら午前中いっぱいはソファの上でごろごろと過ごした。

昼過ぎに幸子はようやく身体を起こし、着替えを済ませ、洗面所で美白クリームを顔に施す。

調子に乗って出しすぎたクリームを両手の平で首や鎖骨にまで伸ばすと、クリームの油分でべたついた手で容器を握りしめた。しばらくの間は罪悪感から開封することすらできなかったというのに、思い切って使ってみると、心なしか白くなっていくように感じられる肌に満足している自分がいた。

蒼汰の部屋から物音がし、幸子は驚いて洗面所を出た。何か大きなものが落下したような音だった。部屋の前まで行って一瞬怯《ひる》んだが、おそるおそる扉をノックする。

「……大丈夫？」

しばらく待ったが、返事はなかった。諦めてドアの前から離れようとすると、「……大丈夫」と小さく応答がある。返答があったことに驚いた幸子は、ドアに耳を押し付けて、声を張った。

「……お腹空いてない？　お昼ご飯食べる？」

調子に乗ったと気づいたのは、先ほどとは異なる意志を伴った音が響いたからだ。

「……ごめんねぇ……」

幸子はドアの木目をじっと見つめ、焦点を合わせたまま謝った。言葉が宙に浮く。

バッグを持ってスリッパを引きずりながら廊下を歩き、玄関で靴を履いて外に出た。

腰の痛みは和らいでいたが、長い休息を挟んだためか出足は遅くなった。乗り込んだ電車の座席に腰掛けると、隣にいたスーツ姿の男性が鬱陶しそうに肩をすぼめ、腰を浮かせてわずかに幸子から距離をとる。組んだ足の靴裏が幸子の方を向いていた。幸子はうつむいて開いていたハンドバッグのスナップを閉めた。

郊外のショッピングセンターの利点は、平日はいつ行ってもあまり混んでいないこと、店員の目を気にせずに買い物ができることにあると、幸子は思っている。もっとも、都内の百貨店のように品揃えが多いわけでも、洗練されているわけでもない。常駐している店員は少ないし、照明は仄暗《ほのぐら》く、階段もエスカレーターもトイレも年季が入っている。しかし、この独特の湿り気、廃《すた》れた空気感が、幸子は嫌いではなかった。

正面入口で足踏み式のアルコールスプレーを噴射する。手に擦り込みながら自動ドアを抜け、賑やかなBGMに招かれるように中に入った。幸子は四階にある電化製品を後回しにし、入口すぐの百円ショップに足を踏み入れる。冷蔵庫の調味料ホルダーがひとつ壊れてしまったのを思い出したのだ。キッチン用品コーナーで目的の品を手にし、しばらく周辺を見てまわった後、レジに向かう。二台あるレジのうち、一台では、暇を持て余した若い女性店員がスマホをいじっていた。もう一台のレジは無人で、他の店員はおそらく売り場で作業をしているのだろう。何か忘れているような気がして、幸子は足早に引き返す。キッチン用品コーナーに戻ると歩みを緩め、陳列された商品に幸子はひとつひとつ自分の印をつけるみたいに指の腹で軽く触れた。

弁当グッズが並ぶ一角で足を止める。蒼汰が高校生の時、学校で食べる弁当のおかずにパンダのピックをよくつけていたのを思い出し、懐かしさがこみ上げてくる。あまりに使いこみすぎて、卒業間近にはパンダの黒い目が摩耗し、半分ほど削れてしまっていた。

商品を握りしめたまま、幸子は出口へと進む。心は急いているのに足取りはもたつく。中年の女性が衛生品コーナーで携帯用の歯ブラシを吟味していた。若い男性がスマホの画面を店員に向けながら商品の場所を尋ねている。店内の衛生品コーナーを抜け、文具コーナーを抜け、玩具コーナーを抜けた。お母さん、と甲高い声がして、幸子は振り返る。幼い子供が化粧品コーナーの拡大鏡に自分の顔を映し、大きく浮かび上がる瞳を面白がりながら、側にいた母親らしき女性の服の袖を引っ張っていた。

幸子はゆっくりと息を吐き、手に込めた力を緩めた。強く握りしめたために皺の寄ったパッケージを整え、元来た道を引き返し、商品を棚に戻す。そのまま、店を後にした。

百円ショップを出ると、その隣にある薬局の中を突っ切り、さらにその先にある小さいフードコートへ逃げ込んだ。周囲の目を憚《はばか》るように、赤みを帯びた手のひらに視線を落とす。気持ちは落ち着いていたが、手だけが震えていた。雑然と椅子の並んだテーブル席に腰を下ろし、乱れた呼吸を整える。顔をあげると、フードコートのレジ横にあるPOPに目が留まる。ラーメンやたこ焼きやらの写真に手書きのキャラクターのイラストがあり、その横に「おいしいよ〜」と吹き出しが添えられていて、その呑気《のんき》な風情にどっと力が抜けた。POPに触発されたのか、幸子は食べる予定のなかったフライドポテトにたこ焼き、それに炭酸飲料を頼んだ。ストローを咥《くわ》え、紫色の液体を吸い上げる。グレープの風味が広がり、舌の上で泡が弾ける。前歯でおそるおそる噛んだたこ焼きは熱さのせいで口にうまく運べず、どろりとした中身が皿にこぼれる。鼻息で鰹節が皿の外にまで飛んだ。竹串の先で飛び出たタコを前のめりに突きさしていると視線を覚え、顔をあげた。斜め向かいに三歳くらいの男児がいて、幸子に熱い視線を送っていた。手を引く母親らしき女性に向かって、幸子から視線を離さずに「たこ焼き食べたい」と告げる。だめよ、と女性は険しい顔で一蹴した。今日はパパが早く帰ってくるんだから――。子供はマスクをしておらず、指をくわえて幸子を見つめている。口からのぞく指先が唾液で光る。無遠慮な視線に幸子はそれ以上食べ進めることに気恥ずかしさを覚え、炭酸の入った容器の蓋を取り、中でほとんど溶けてしまった小さな氷の塊を噛み砕くことに注力した。

時計を見る。まだ、午後二時をまわったばかりだ。これから上階を一通り見て回り、帰りに節さん宅に寄ったとしても、五時頃には帰宅できるはず。夕飯の材料は冷蔵庫に揃っているので、買い物の必要もなかった。幸子は時間の配分を考えながら、子供が立ち去ったことに安堵して、残りのポテトとたこ焼きを食べ切った。

ショッピングセンターのいちばん上の階にある電化製品売り場は、冷蔵庫の種類こそ少ないが、どれも最新の機能が搭載されているものばかりだった。必要最低限の機能で構わないから、もっと安いものはないのか――。側を通った店員を呼び止めてそんな質問をすると怪訝な顔をされたが、めげずに、その場でいちばん安価な冷蔵庫を指差して「これ、あとどれくらいお安くなります?」と交渉する。

「えーと、うちは、そういうのやってないんすよ、すみません」

不愛想な男性店員を前に、幸子は苦笑する。立ち去ろうとすると「このメーカーの同じもの……オンラインだったら少しですけどお安くなってますね」と首からぶら下げたスマホの画面を見せられる。目を細めて画面を覗き込むが、安くなっていると言っても微々たるものだし、大きい買い物をネットでするのは憚られた。メーカー名と品番をメモしてもらい、その場を離れる。エスカレーターを下りながら幸子は頭を悩ませた。夫にも相談して、近日中にも買わなければいけない。もっとも、彼に相談したところで、ろくに話を聞きもせずに「買うしかないでしょう」と言うに決まっている。必要なものは、買うしかないと。

エスカレーターで降りる途中、目の前にディスプレイされた春物の洋服に視線を奪われ、幸子の足は自然と吸い寄せられる。朝の情報番組で、芸能人がファストファッションで全身コーディネートをするという企画を見たせいかもしれない。カラーコーディネーターらしき専門家が、年を重ねると肌がくすんでくるので、明るい色味の服を選んだ方がいいというようなことをもっともらしく話していた。それにしてももう何年も服を買っていないと思いながら、幸子は洗濯のし過ぎで襟ぐりの緩んだ無地の黒いTシャツを見下ろす。数年前、大学時代の友人たちと久しぶりに食事に行く際に、膝丈のシフォンワンピースを買ったのがおそらく最後だ。結局着ていかず、それ以降も機会がないまま箪笥の肥やしになっている。

二体あるうちの一体のマネキンは裸で、もう一体は白地に花柄のブラウスに、足首までの丈のクリームイエローのパンツを着用していた。爽やかで春めいた装いに惹かれ、すぐに側のハンガーにかかっていた同じブラウスを両手で捌《さば》きながら、襟元のタグに記載されたサイズを確認する。店頭に出ているのはMサイズのみ残り一点だった。幸子はマネキンが着ている通りに自分も合わせてみたくてパンツも探したが、同じものは店頭に見当たらなかった。

レジの横に位置する三つ並んだ試着室のうち、左端のカーテンを開ける。店員はレジに一人いたが、幸子は声をかけなかった。ふらっと入店しただけで無言の圧力すら感じる都会のアパレルショップとは違い、店員の目を気にせず、試着点数もいちいち尋ねられずに済むので気兼ねなく試着できる。

上着をフックにかけ、汗で肌にまとわりつくTシャツを脱ぎ、ブラウスを身に着ける。袖口が広く、ゆったりとしているので着心地がいい。自分が普段着ている服からすれば少々派手だが、露出の気になる二の腕は覆われているし、襟ぐりも詰まっていて、淋しい胸元は見えない。首の裏に手を回し、服についたタグを手繰り寄せる。服を買うのが久しぶりすぎて、幸子には自分がどんな服を好んで着ていたか、いま目の前の消費税を入れて三千円弱のブラウスが安いのか高いのかもわからなかった。たしかに、春らしく、華やかで、近所に出かけるのも気分が上がるだろう。だが、欲しいわけではなかった。お金を出してまで、手に入れたいものではなかった。

よく見ればひらひらした袖口といい、透け感といい、少し若すぎるかもしれない。買ったところで、着なくなるかもしれない。全身鏡に自分の姿を映しながら幸子は尻込みする。

カーテン越しに店員が客の応対をする声が耳に届き、幸子の身体は自然と動いた。自分の着ていたシャツを丸めて持っていたエコバッグに突っ込み、急いで上着を羽織る。カーテンをずらし、外の様子を窺った。店員は依然としてレジで精算業務にあたっている。客はひとりしかいない。他に店員もいなかった。幸子は靴に足を通し、足早に店を後にした。


チャイムを鳴らしてから玄関口でだいぶ待たされた。しかし、これもいつものことだ。足を骨折して以来、節さんは動作が遅くなり、立ち上がるのもやっとだった。幸子は玄関まで出てきてもらうのも申し訳ないと思いつつ、チャイムを鳴らして待つことしかできない。これまで築き上げてきた信頼関係からしても、買い物の頻度からいっても、いっそ自分に合鍵でも渡してくれたらと最近ではもどかしく思う。

「あら、幸子さん。私、あなたに何か頼んでたかしら」

出迎えた節さんはのんびりとした口調だが、表情はどこか険しい。

「いえ、実は先日、買い物のお釣りを渡すのを忘れてしまっていて」

「それを返しに、わざわざ？……申し訳ないわ。今度来てくれた時でも構わなかったのに」

「でもなんだか落ち着かないので。それに、買い物の帰りに寄っただけなので」

「そうお？　ごめんなさいね。お手間かけてしまって」

節さんの表情はそこでやっと緩んだ。持病の腰痛がひどく、今朝からずっと寝込んでいたのだという。

「今は大丈夫なんですか？」

「ええ、朝よりは大分ね、落ち着いた感じがする」

気丈に振舞いながらも、声には覇気がない。出迎えてくれた時、険しい顔をしていたのにも合点がいった。大きな目に、長い睫毛、高い鼻梁、品の良い小さな唇——。白い髪は豊かで、顔や首筋に皺は刻まれているものの、清潔感があり、綺麗だった。若い頃、さぞかし美人だったろうと思えるような顔の造作に、ひとつひとつの所作や佇《たたず》まいには品性が滲んでいる。少し神経質な面があり、出会った当初は壁を感じることもあったが、今ではすっかり幸子に心を許しているように見えた。

廊下を進んで居間に入ると、幸子は上着を脱ぎ、部屋の隅にあった座布団を一枚とって足を崩して座った。節さんの家の匂い。空気が籠もっている。幸子は換気をしようとしたが花粉が気になってやめた。

忘れないうちにと、バッグから、あらかじめお釣りとレシートを入れておいたがま口を取り出し、腰を押さえながらやかんを火にかけようとしていた節さんに慌てて声を掛ける。

「あの、私やりますよ。節さんは座っていてください」

幸子は立ち上がり、キッチンに立つ。最近の節さんは、本人が思っているよりもずっと衰えている。物忘れは激しいし、人の名前は間違える。足元もどこかおぼつかない。何より、部屋の汚れが目立つようになった。以前は隅々まで掃除が行き届いていた居間に、今ではところどころ埃が積もっている。元来が几帳面で綺麗好きな人で、それを知っているが故に、ここ最近の変わりようには目を見張るものがある。

「悪いわね。さっちゃんはお客様なのに」

「そんな。気にしないでください。私たちの仲じゃありませんか」

言ってから、幸子は自分の言葉に思わず鼻白む。節さんには聞こえていなかったようで、反応はない。節さんの幸子に対する呼び方には、バラつきがある。大抵は「幸子さん」だが、時々、妙に親しみを込めて「さっちゃん」と呼ぶ。そういう時、幸子はどこか面映ゆいような気持ちになるのだった。

湯が沸騰し始めていた。幸子は慌てて茶葉の準備をする。大抵の物の位置は把握しているものの、当然のように手を伸ばすのは憚られる。礼儀として「戸棚、あけますね」と断った。節さんは「はいはい」と鷹揚に頷く。

お茶を運び、再び座布団の上に腰を下ろした。

「幸子さん、なんだか今日、とっても綺麗ねえ。そのお洋服、素敵だわあ。春らしくって、華やかで」

今初めて目に飛び込んできたかのように節さんは幸子の着ているブラウスをじっと見つめて褒めた。幸子は落ち着かない気分で釣銭の入ったがま口を節さんに渡す。節さんは中身を確認せずにすぐに横に置いた。

「それじゃあ、私はこれで。節さん、また何か買ってくるものがあったら、遠慮なく言ってくださいね」

お茶を飲み、少し談笑した後でバッグを手に立ち上がりかけた幸子を、節さんが止める。

「そうだ、ちょうど、幸子さんにお願いしたいことがあってね。すっかり忘れてたわあ、良かった、思い出して」

「なんでしょう？　私に出来ることであれば」

幸子はバッグを抱えたまま、ふたたび座布団の上に座りなおす。

「パソコンでね、お買い物がしたいんだけど、やったことがないもんだからどうしたらいいかわからなくってねえ、さっちゃん、できる？　もしよかったら頼まれてくれないかしら。孫の結婚祝いを送ってあげたくて」

「いいですよ。お店の名前、教えてもらえますか？」

バッグからスマホを取り出しながら尋ねる。勤めていた頃も年配の顧客に頼まれて代わりに購入した経験が何度かあった。

「名前ね、名前……なんだったかしら？　ちょっと待っててね、前にもらったパンフレットがあるはずだから」

　節さんが緩慢な動作で立ち上がり、よたよたとした足取りで居間を離れる。和室に入っていったきり、いつまでも戻ってこない。幸子は上体を少し逸らし、畳の上に手をついて部屋の中を検分した。

　物が多く雑然とした居間は、テーブルの周りは清潔で片付いているものの、電球のカサや棚の上は堆積した埃の層が遠目にもわかる。幸子は仏壇に目をやった。随分前からあるような気がするお供え物の干からびたみかんの隣には、市の発行する商品券が置かれている。毎年、年末になると決まって商品券を購入しているようだが、節さんが使っている場面を見たことがない。幸子は商品券に手を伸ばし、裏面の使用できる店の一覧を眺めた。一枚で千円分の買い物ができ、釣銭は出ない。幸子のよく行くスーパーはもちろん、たまに足を運ぶ和菓子屋や工務店など幅広い店で使用できる。点線に沿って数枚ほど破った形跡があった。背後で物音がし、慌てて商品券を元に戻す。きらきらと輝くような埃が宙を舞った。幸子は思わず手を顔の前で扇いだが、敏感な鼻はすぐに埃に反応し、盛大なくしゃみが出た。

「良かった、あったわあ、パンフレット」

　長方形の三つ折りのパンフレットを手に居間に戻ってきた節さんは、手で鼻を押さえたままうろたえる幸子を見て、「あらあら、風邪ぇ？」と見当違いな言葉を掛けながらティッシュの箱を差し出してくる。

「すみません……花粉症で」

しかし、現に吸った埃が原因で、本当にいつもの花粉症の症状を引き起こした。くしゃみが立て続けに起こり、透明な鼻水と、痒《かゆ》みを堪えた両目から涙が流れる。

「ねえ幸子さん」

節さんが不意に近寄って耳元で囁くので、幸子は弾かれたようにのけぞった。

「……何ですか？」

「そのお洋服、タグがついてるわ」

ハッとして、幸子は後ろに手をまわす。店を出るとき、あまりにも慌てていて気づかなかった。

「あの……これは」

節さんの頬が緩む。赤面しながら必死に言い訳をしようとする幸子を遮って言葉を被せる。

「よくあることよぉ。でも幸子さんがつけっぱなしにするなんて。意外とうっかりさんなのね」

「すみません」

「謝ることないわよ。ちょっと待ってね、今、取ってあげますから」

節さんが鋏《はさみ》を持ってきて幸子の背後にまわりこむ。やがて、ぱちん、と爪を切るような音が耳元で響き、タグが幸子の膝元に飛んだ。慌てて拾い上げ、厚紙でできたそれを指の腹で押し潰すようにして小さく折り畳むと、差し出されたゴミ箱ではなく、パンツのポケットにねじ込んだ。

ようやく腰を下ろした節さんは、パンフレットを広げ「このお店なんだけど」と切り出した。

幸子も昔接待で何度か利用したことのある高級和食料理店の名前が載っている。

物販をやっていたことを初めて知り、どれもこれも五千円以上はする高額な商品ばかりのページにざっと目を通してから、パンフレットに載っていたQRコードをスマホで読み取り、ホームページに入る。

「会員登録が必要みたいなんですけど、節さんの情報、入力してもいいですか？」

「ええ、私はよくわからないから、幸子さんにお任せするわ」

登録画面まで進んだものの、一から手順を踏むのを億劫《おっくう》に感じ、一度ホームページを閉じてインターネットの検索画面で店名を打ち込む。幸子が利用したことのあるWEBサイトにも、節さんが要望する商品が出品されていたので、そこからの購入を検討する。送り主や届け先の情報を入力し、決済画面へと進んだ。

「支払方法なんですけど、クレジットカードでの支払いと後払い、どっちにします？」

「……後払いっていうのはどういうの？」

「後で請求書が届くので、それを持ってコンビニや銀行で支払うみたいです」

「それはなんだか手間ねぇ……。クレジットカードでいいわ。悪いけど幸子さん、入力してくださる？」

「ええ」

節さんが大儀そうに立ち上がり、居間の引き出しの一段目から長財布を取り出して幸子に手渡した。ずっしりとした財布の重みが幸子の手の中に沈む。

「その財布、カード入れが固いのよぉ。中にクレジットカードが入ってるから、出してくださる？」

「ええ」

言われるがまま財布を開け、六つあるカード入れのうち、一つからクレジットカードを見つけて取り出す。

「そうそうそれそれ」

裏面には、テープで留められた付箋に四桁の暗証番号が記載されている。こんなに堂々と本体に貼り付けてあったら暗証番号の意味がないと思いながら、表面のカード番号を目を凝らしながら一字一字丁寧に画面に打ち込む。セキュリティ番号も打ち込み、最後に注文確認画面を節さんに向ける。節さんは「大丈夫」と言いながら頷いた。画面は見ていなかった。

「良かったわぁ、幸子さんに頼んで。ほんとに助かりました。どうもありがとう。もしよかったら、お夕飯食べて行かない？」

「いえいえ、お構いなく」

幸子は自宅の冷蔵室で解凍している魚を思い出して断った。

「そんなこと言わないで食べていってよ。遠慮しないで。旦那さんいるからまずいかしら……でも、たまにはいいわよね。ひとりで食べてもつまらなくってねえ。お寿司でもとりましょうよ。

幸子さん好きなもの選んで」

テレビ台の下の扉をあけ、中からチェーン展開している寿司やピザのチラシを取り出して手渡してくる。ご馳走になるつもりはなかったが「特上」の文字に吸い込まれるように渡されたチラシを広げる。自宅の郵便受けにもこれらのチラシは頻繁に投函されるが、頼まないのでそのまま資源ゴミの袋へ投入している。二~三人前の桶に入った豪華な寿司を眺めているうち、自然と口内に唾が溜まった。

「おいしそう……」

「どれ？　これにしましょうか」

思わず漏れ出た心の声を節さんが拾う。

「いえ、でも、私はほんとに……」

うまい断り方が咄嗟《とっさ》に出てこない。主人がいるからと一言言えば済むはずなのに、それが言えない。幸子が曖昧な態度を取っているうちに、節さんは電話の子機を持ってきて手渡してくる。

「悪いけど、電話してくださらない？　細かい文字が見にくくってねえ」

寿司は、注文から四十分ほどして届いた。玄関口で節さんから預かった一万円札を配達員に渡し、お釣りを受け取る。受け取ったお釣りをすぐに節さんに差し出すと、財布に入れておいてほしいと頼まれる。幸子が財布を開きお金をしまう間、節さんは背を向けてテーブルに置かれた寿司のラップを剝がし、食べる準備を整えていた。

夕方の六時過ぎに、幸子は節さんの家を出た。食の細い節さんに代わって、ネタもシャリも大きな寿司を幸子がほとんど一人で食べたせいか、胃袋はかなり膨れている。それでも十貫ほど余ってしまい、「良かったら旦那さんに持って帰って」と節さんがプラスチックのパックに包んでくれた。お土産に、グレープフルーツのような大きな柑橘も二つもらった。歩くたび右手にぶら下げたレジ袋から爽やかな香りが立ち昇ってくる。その馥郁《ふくいく》とした香りを吸い込みながら、幸子は、なぜか後ろ髪を引かれた。

玄関に見覚えのある靴が並んでいて、いずみさんが来ているとわかった。時々何の前触れもなく訪ねてくる彼女は、四十代半ばで結婚したが一年足らずで離婚し、今はマンションで一人暮らしをしている。

リビングを仕切る扉は開け放されており、その向こうに、ソファにもたれる夫の姿が見えた。いずみさんはトイレの扉を開け、中から夫に向かってしきりに何か訴えていた。足音で幸子に気づくと、今度は幸子に向かって慌ただしくまくし立てる。

「今ね、ちょうど、和彦《かずひこ》と話してたとこ。あたしもいま来たばっかりなんだけど、トイレ入ったら水漏れしてる感じがして。拭いたからさっきより収まったけど、水流したらなんかここに溜まるのよぉ」

「水漏れ……？」

幸子は荷物を床に置き、腰を屈めて指で示された箇所に視線を落とす。たしかに、便器の周縁を囲うように床が少し湿っている。午前中にもトイレに行ったが気づかなかった。試しにもう一度レバーを捻り、水を流すと、床と便器の隙間からゆっくりと水が浮上するように滲む。

「ほらぁ、これよこれ。ね？　これ、水漏れよね？　幸子さん、気づかなかったの？」

便器の中で徐々に緩やかになっていく水の流れを見つめ、膨れた胃袋を押さえながら、幸子は小さく息を吐く。腹を圧迫するパンツのファスナーが苦しい。

「業者に連絡したほうがいいんじゃない？」

幸子が無言のまま雑巾を手に屈んで水を拭き取る間にも、いずみさんは興奮気味に話し続けている。言葉が、丸めた背中に矢継ぎ早に降り注ぐ。羽織っていた上着からは節さんの家の匂いがした。

「幸子さん？　聞いてる？」

いずみさんの声で我に返った。幸子は雑巾を手に立ち上がり、トイレの入口に立っている彼女を押しのけるようにして外に出る。また、面倒事が増えたと思った。壊れる時は続くものだ。

「今日は遅いので、明日、業者さんに連絡してみますね」

「そうね、そうした方がいい」と、いずみさんは幸子の肩を叩き、「どうしたの、幸子さんったら、なんだかボーッとして」

「すみません。ちょっと考え事をしていて」

「春だからかしらねぇ」と歌うように言ういずみさんの顔は白い。幸子よりずっと白い。


買い物から帰宅した直後にインターフォンが鳴り、ちょうど靴を脱ごうとしていた幸子は、のぞき穴を確認せずにドアノブを回した。外に出てみると、家の前に中身の入ったレジ袋が置かれている。足早に立ち去っていく男の後ろ姿が見え、幸子は慌てて呼び止めた。

「ちょっと……！　これ……なんなんですか！」

大きなリュックを背負った男は振り返って困惑したように首を傾げ、幸子のもとへ舞い戻ってきた。

「ご注文の商品のお届けに上がったんですが」

筋肉質で大柄な体軀の男が、息を切らしながら主張する。身体は張りがあるが、近くで顔を見ると老けていた。

「うちはこんなもの頼んでませんよ。何かの間違いでしょう」

幸子は袋ごと突き返した。紙袋からファーストフード特有の油臭が鼻孔をつく。突き返した拍子に足の筋が伸び、捻挫した箇所が痛む。男は納得いかない様子だったが、袋を受け取り、退散していった。

幸子はため息をついてドアを閉める。厄日なのだろうか。朝からろくなことがない。今日は朝早くから近所にリニューアルオープンした薬局に足を運んだが、店を出る際にアスファルトでけつまずき、足首をひねったところだった。なぜあんなに慌てていたのだろうか。幸子は数分前の出来事を振り返るが、光景は断片的にしか思い出すことができない。リニューアルオープン初日で予想以上に店内が客で込み合っていたのと、太った中年女性が不意にぶつかってきた瞬間だけを鮮明に覚えている。故意ではなかったかもしれない。それなのに、幸子は明確な悪意を感じた。買い物カゴの持ち手を手首にかけ、脇をしめるように身体に密着させながら売り場の商品を眺めていた時だった。陳列棚の商品に気をとられていた幸子の身体が、はげしく揺れた。一瞬のことで訳もわからず、ただ勢いで弾かれた身体が、背後の、無造作に積み上げられていた安売りのカップ麺の山に衝突した。幸い咄嗟に棚に手をついたことと、商品がクッションになって大事には至らなかったが、突然の出来事にしばらく呆然としたまま足元に飛んだカップ麺を見つめる。突撃してきた女は悪びれる様子もなく幸子を見下ろし、なぜか薄ら笑いを浮かべていた。

そこからの記憶は曖昧だった。幸子はとにかくその場から逃げ出したい一心で未精算の品物が入ったカゴを入口付近に置き、猛然と店を飛び出した。何か確信の持てない、漠然とした恐怖を感じていた。あるいは、ただの気にしすぎなのかもしれない。

後ろから呼び止められたような気がして、それが一層、幸子の不安を煽った。アスファルトでけつまずき、足首をひねったが、幸子は痛みをこらえて立ち上がり、足を引き摺りながら歩みを再開した。

途中でコンビニの駐車場に立ち寄ると、バッグを逆さにして振るい、中身をアスファルトの上にぶちまける。財布、スマホ、自宅の鍵。それにいつか買い物をした際のレシート。風に舞って飛ばされてゆくレシートを見送りながら、幸子は、もうずいぶん家計簿をつけていないことを思い出した。


部屋に戻ると玄関に置き去りにしていたバッグの中でスマホが立て続けに鳴っていた。蒼汰からだ。反射的にそう思い、幸子は慌ててスマホを取り出し、画面を覗き込む。数十件にのぼる折りたたまれたメッセージを震える指で開封する。上から順に目で文字を追っている間にも、間断なく発射される罵詈雑言で画面は毎秒更新されていく。怒らせた、と幸子は思った。なぜ怒らせたのかはわからないが、自分が蒼汰を怒らせたことだけはわかった。

就職して三年ほど経ったとき、蒼汰は荷物を抱えて帰ってきた。有休消化中なのだと言っていつまでも家にいる息子を不安に思い、それとなく尋ねたが何も言わない。

蒼汰が部屋の壁を蹴る。あの日もそうだった。幸子が勝手に会社に電話を掛けたことを知った日、蒼汰はそれまで幸子が見たことのないほど動揺し、塞ぎ込んだ。部屋の扉を閉め、薄い壁越しにしか意思表示をしなくなった。

幸子ははげしく狼狽しながら、それでも懸命に文字を追った。どうやら、先ほどのファーストフードは蒼汰が頼んだものらしかった。でも、と幸子は震える人差し指で画面に文字を入力する。
――でもあの人、お店の制服着てなかった
なんとか打ち込んだ控えめな弁明は、弾雨のような蒼汰の罵言であっけなく焼失する。幸子は立ちすくんだまま、いつしか手の震えと一体となっていくスマホの振動の負荷を、ひたすら受け止めるよりほかなかった。

スマホの振動がなくなった頃、幸子は我に返ったように家を出た。同じ物を買ってくるとラインしたが、蒼汰から返信は来ない。何を買えばいいのかわからず、しかし蒼汰がまだ学生の頃、駅前のファーストフード店でチーズバーガーセットを買ってくるよう幾度となく頼まれたことを思い出した。一度、誤ってコーラではなくジンジャーエールを買って帰ったら、蒼汰が機嫌を損ねたので、慌てて買い直しに出かけたことも。

ファーストフード店で急いで品物を買った幸子は、店の前で立ち止まって蒼汰にラインを入れた。すぐに既読がつき、「もう遅い！　うるさいマジでいらない」と返信が来る。幸子は慌てて返事を打ち込んだ。既読はつかない。懲りずに何度も打ち込んだ。やはり既読はつかなかった。スマホを握りしめた手が、地面に向かって力なく垂れる。

茶色い袋に、ポテトの油が点々と滲んでいる。幸子は店の前でじっと立ちすくんだ。行き交う人々の足はとめどなく、知っている店のポイント券の断片や汚れたマスクなどが地面に落ちていた。黄色い点字ブロックやアスファルトの細い溝は、雨や土砂、あらゆる堆積物によって変色し淀んでいた。歩く人々は皆、足元など見ていなかった。向かいの店の前でリードにつながれた犬が飼い主を待っていた。雑踏の中で、いつ店から出てくるともわからない飼い主を、行儀よくそろえた前足を地面につけ、ただじっと待っていた。

幸子はゆっくりと歩き出し、犬に近づく。耳の垂れた茶色い中型犬で、生まれつきなのか瞼の上にある小さな窪みが困っているような表情に見え、乾燥した毛質と相まって何ともいえない哀愁を漂わせていた。幸子が犬の正面に立つと、不意に目の前に現れた黒い影に犬は数歩後退し、虚勢を張るように二、三度続けざまに吠える。幸子は、わざと犬の目につくようにハンバーガーの入ったレジ袋を持ち上げて見せ、しゃかしゃかと音を立てた。犬はわかりやすく袋に関心を示した。鼻水で濡れた黒い鼻先をひくつかせ、唾液で湿った長い舌を垂らす。幸子は屈んで、犬と目線を合わせた。

犬の息は荒かった。赤みを帯びた舌の表面には紫がかった斑点がある。幸子はレジ袋に手を突っ込み、角の折られた茶色い内袋を開く。犬は幸子の手元にじっと視線を投げかけたが、幸子が蒸気で湿ったハンバーガーの包みを取り出すと、ほんの一瞬目を背け、堪えるように俯き、また顔をあげた。

「……食べたい？」

物言わぬ動物に幸子は問いかけ、ゆっくりと包みを開く。犬が悲しいほど甘えた声で鳴き、油とソースの匂いがする包みに鼻先を寄せる。食べ物を見せればすぐにかぶりつくものだと思ったが、犬は警戒しているのか幸子の顔をちらりと見やり、包みの周囲の匂いを嗅いだ。幸子の手が濡れる。犬の舌から垂れた唾液だった。幸子が包みを犬から遠ざけると、何かを請うように切実な眼差しで幸子を見上げた。

幸子はふと、幼い頃の自分を思い出す。当時母親とよく行ったスーパーでキャラメルを買ってもらっていた時のこと。木馬のイラストが描かれた小さな赤と白のパッケージに収まった、四角いキャラメル。スーパーの空調のせいなのか、舌の上に乗せるといつも冷たかった。冷たくて、甘くて、それを想像しただけで幸子の口には唾が溜まり、飲んでも飲んでも喉を締め付けるように押し寄せるのだった。

一度、母を怒らせて、キャラメルを買ってもらえなかったことがある。スーパーで人目も憚らず泣きながら駄々をこね、家に帰ってからもあきらめきれずに母の腕にしがみついて縋った。母は相手にせず、幼い弟が癇癪《かんしゃく》を起こす姉を指をくわえながら眺めていた。口の中に溜まった唾液は、どんなに喉の奥に送り込んでも湧き出てきた。口元が緩んだ瞬間、それは唇の端から透明な糸を引くように落下した。ちょうど家族で囲む食卓の上に落ち、近くで見ていた弟がハッとしたように目を凝らす。幸子は驚き、慌てて自分の服の袖で落ちた唾液を拭う。何か、大きな失態をおかしたような気持ちだった。

我慢の限界を超えてハンバーガーにかぶりついた犬は、うまく口に運べずに地面に落下したバンズの片方を、両足の間に収めるようにして一心不乱に貪った。鋭い犬歯に野菜の断片が引っかかっている。幸子は犬の頭を撫でた。

幸子は覚束ない足取りで商店街のアーケードをくぐった。生保営業としてこの街を拠点に活動をはじめた頃、知り合いを増やすために商店街を毎日のように訪れては顔と名前を覚えてもらったことを思い出しながら。人当たりがよく、弁の立つ気さくな商売人ばかりだ。営業にきているはずの幸子のほうが気が付けば何かを買っていることも少なくなかった。

呼び止められても、いつものように愛想を振りまくことも会話を広げる気力もない。幸子には、声をかけてきた相手の目が、眼球をくりぬかれた無機質な空洞に見える。取り繕うこともできないまま、自分自身を煽るように店の入口に陳列された商品や手書きの値札を意識的に視界に取り込んだ。あの、店に入った瞬間、陳列した商品を手にする瞬間の、空の容器に勢いよく注がれた水が、やがて満杯になって溢れ出るような、感情が澎湃《ほうはい》とするのを待った。

「蒼汰のお母さん……？」

金物屋の前にぶらさがった象の形のじょうろを眺めていると、奥から出てきた見知らぬ女性に声をかけられた。店の外で駆けまわっていた男児が、幸子の横を通り、彼女に擦り寄っていく。

子供をなだめるように抱き上げ、女性はまた幸子に向き直った。キャラクターもののプリントがされたマスクを鼻下まで下げ、ヘアバンドで前髪をあげて額を全開にしており、いかにも快活そうな雰囲気を纏っている。

「えーと……」

幸子が言葉を探す間もなく「詩織《しおり》です、同級生の。蒼汰と小中一緒だった」と、はきはきと名乗る。抱きかかえた子供の身体がずり落ちてきそうになり、上体を大きく揺らして引き上げるのと同時に、服の胸元がはだけ、年のわりに下垂した白い乳房の上部が露になった。子供は一瞬幸子の顔に目をやったがすぐに興味をなくしたのか、母親の肩に頭をもたせる。

「ああ……」

名前を聞いても最初は朧気《おぼろげ》にしか浮かんでこなかった記憶が、顔立ちや表情などを見るうちに、徐々に明瞭になっていく。

「詩織ちゃんね、覚えてる。仲良くしてもらってたもんね。お母さんにもお世話になった。ほらあ、体育祭の時の、頭に巻くやつ」

「ハチマキですよね」

「そうハチマキ。学校から支給されたのに、前日に蒼汰がなくしちゃったって騒いで。詩織ちゃんのお母さんに連絡したら店で売ってるからって、慌てて買いに来てね」

「うわあ、めっちゃなつかしい。うちの店、いらないようなもんばっかあるから。普段ぜったい使わないようなやつ。わたしはあれ覚えてます、台風の日のこと」

「台風？」

「そう、中学生の時だったかな、台風でっかいの来るから、養生テープくれって蒼汰に言われて。飛散防止に家の窓に張るんだって。なんか必死だったから店でいちばん粘着力の強い養生テープ売ったらすごい満足げに帰ってった」

話しているうちに互いに声が弾み、幸子はいつもスーパーで商品を手にする時のような独特の興奮と浮遊感に包まれながら笑った。次第に誰かと話をして笑っているというその状態が可笑《おか》しくてさらに笑った。

「詩織ちゃんの子？」

また少し、彼女の腕の中でずり下がってきた子供に視線を向けながら幸子は尋ねる。

「ええ。こんなに甘ったれちゃんで、いまだに抱っこせがむんですよ。もう大きいので、持ち上げるのも一苦労です」

男児は落ち着かない様子で母親の首にきつく腕をまわしたまま視線を下に向け、足先を伸ばしたり縮めたりしながら始終地面との距離を推し量っているように見えた。重みで自分の身体が地面と接近するたび、腕に力をこめてめいっぱいしがみつく。母親が子供の尻の周縁で手を組み、彼はその安定した座に腰を据えているのだが、支えなどまるでないかのように足元ばかり警戒していた。

「もうお母さんかあ。あっという間ねえ。ついこの前まで制服着てたと思ったら、いつの間にか子供産んでるんだもの」

「そういえば、蒼汰って今何してるんですか？　こっちには全然戻ってきてないんですか？」

「うん、そうなの。仕事が忙しいみたいでねえ。でもいいのよ。元気でさえいてくれれば。詩織ちゃん、旦那さんは？」

「うちは離婚したんです。それで、息子と一緒に実家に戻ってきて。店番は面倒なんですけど、一日三食宿付きなら安いもんです」

屈託なく話す彼女の笑顔を見ながら、幸子はふと、蒼汰が中学生の頃、彼の部屋を掃除していた時に詩織ちゃんからのラブレターを見つけたことを思い出した。それだけではない。小学生の頃、家に遊びにくるたびに蒼汰に引っ付いて、「かっこいい」だの「結婚したい」だのと一途に想いを伝えていたことも。

「詩織ちゃん、昔、蒼汰のこと好きだったわよね？」

幸子の問いに、詩織ちゃんは言葉を発さず、目だけを大きく見開いた。

「ほら、家に来た時、好きだとか結婚したいとか、よく言ってた」

「うわあ……言ってたかも。若気の至りだあ。恥ずかしすぎる。子供って、どうしてそういうこと、臆面もなく言っちゃうんでしょうかね。しかもお母さんの前で。ほんと恥ずかしい」

照れくさそうに身体をよじり、幸子ではなく抱いている子供の顔を覗き込む詩織ちゃんに、幸子は詰め寄った。

「今でも好き？　蒼汰のこと、今でも好きかな？」

何を聞いているのだろうと、幸子は自分の質問に呆れながら、それでも必死だった。懇願するように、詩織ちゃんの目を見つめる。何をどうしたいわけではなかった。ただ確かめたかった。今でも彼女の気持ちが蒼汰に向けられているのか、ただそれだけを、どうしても確かめたかった。

明らかに戸惑った表情を浮かべ、詩織ちゃんは子供を強く抱きしめたまま、わずかに身を引いた。先ほどまで足元にばかり視線を向けていた子供は、疲れたのか、母親に完全に身体を預け、虚ろな目を瞬かせながら首筋に白い鼻先を擦りつけている。母の腕と子の足は時間の経過とともに密接に溶け合い、色も細さもよく似ているものだから、どこまでが詩織ちゃんの腕で、どこからが子供の足なのかわからなかった。無防備な二本の足が、地面に向かってまっすぐに垂れていた。

詩織ちゃんの答えを待つ時間は、幸子にとって、なぜかとてつもなく長い時間に感じられた。幸子の頭に昨日のことのように色濃くよみがえってくる記憶は、詩織ちゃんやその他大勢にとって、色褪せた古い記憶に過ぎない。

「ごめんなさい」

耐え切れず、幸子は小さな声で詫びた。

ごめんなさい変なこと聞いて。

いいえ、と首を横に振る詩織ちゃんの、強張っていた頰の肉が弛む。調子よく会話を再開すると、力なく垂れていた子供の足が、振り子のように揺れ始めた。

詩織ちゃんと別れ、幸子は再び商店街を彷徨《さまよ》うように歩いた。

ショウウィンドウに飾られた、まばゆいばかりの光を放つ宝飾品が、幸子の目を射る。ネックレス、指輪、イヤリング、ブローチもある。ダイヤモンド、エメラルド、サファイア、ルビー――。窓ガラスに反射する絢爛とした輝きを前のめりになって眺めながら、幸子の頭を知っている限りの宝石の名称がよぎる。これらが本物かどうかの見分けもつかない。どれほどの価値があるのか見極める知識も審美眼もなく、ただ光るものを見れば、その大きさや形状にかかわらず、無条件に美しいと思ってしまう。その宝石の輝きが本物であろうと偽物であろうと、幸子にとっては意味を持たなかった。輝いていること、美しいことに、意味があった。

中学にあがったばかりの頃、母に連れられてデパートに出かけた時、幸子がジュエリー売り場で足を止めて、値段も見ずに不用意に「綺麗」だの「つけてみたい」だのと口にし、母に窘《たしな》められた記憶がある。クリスマス前で売り場はどこも盛況だった。それでも、手の空いた店員がジュエリーに釘付けになっている中学生を見つけて、幸子にではなく、その横にいる母に擦り寄ってくる。

「きらきらしててかわいいですよね」

同意を求めるように首を傾げて覗き込んでくる店員の瞳もまばゆい光を宿していた。ジュエリーの放つ光に違いないと幸子は思った。傍らの母と店員が二、三言葉を交わす。またそっと、店員の目線が幸子に向けられる。柔和に細められた優しい目元が瞬きを繰り返すたびに、きらきらとした金粉のような光の粒子が零れ落ちた。ガラスケースに添えられた自分の手に、幸子は視線を落とす。光の粒子が撒布され、ベールを纏った白く細い指先が輝きを放っていた。あれは何だったのだろうと幸子はずっと考えていたが、今になって思えば、店員の顔に付着したアイシャドウか何かのラメが角度によって煌《きら》めき、それがあたかも瞼から降り注ぐ金粉に見えただけなのだろう。結局、母に手を引かれて、幸子は売り場からすぐに離れた。

「光の下で見るから輝いて見えるのよ」

デパートを出て通りを歩き出した母は手を離し、代わりに上体を屈め、幸子の肩を抱いて耳元でつぶやいた。幸子が不思議そうな顔で母を見つめると、なおも続ける。

「照明が違うのよ。強い光を当ててるから綺麗に見えるの。実際はあそこまできらきらしてない。光の当て方によって見え方は違ってくるんだから」

ならば、光はまやかしのようだと幸子は思った。自分は魅せられているだけであり、その内実はまったくわからない。大人になり、自由に使えるお金が増えると、街に出るたび色々なものが再び幸子の目を惹いた。それでも同世代に比べて倹約家だったのは、単に節約というよりも、あらゆるものが並ぶスーパーやデパートが、空虚で欺瞞に満ちた空間だと早々に気づいてしまったせいなのかもしれない。

「それ、いいでしょう？　入ったばっかり」

顔をあげると、眼鏡をかけた細面の顔が幸子の顔を覗き込んでいた。この顔を知っている、と思いながら、幸子はレンズに映りこむ光に目を細める。

「あれ、どうもぉ。誰かと思ったら、幸子ちゃんじゃない」

昔、地域で集まりがあった際、何度か顔を合わせたことがある坂田《さかた》さんだった。空を仰ぐと「ジュエリーサカタ」の看板があり、名前が店名になっているのだと今更気づいた。普段、商店街には足を運ぶものの、店の前は素通りしていた。

「どうも」と、目を合わさずに眼鏡の縁の辺りを見ながらぎこちない挨拶をする。

「良かったら、見ていきませんか。いろいろ揃えてますよ。何かお探しのものは？」

「いえいえ、ちょっと見ていただけなので」と言いつつ、幸子は宝石の光に導かれるようにしてガラス張りの自動扉を潜った。

店内は、至る所が輝いていた。ダイヤの指輪、天然石のブレスレット、パールのネックレスに加えて、ブローチやキーホルダーなども並ぶ。ジュエリーがひしめきあい、鏡に映る幸子の瞳も、いつか見たデパートの売り場の店員のように光っていた。

「気になるものがあったら、声かけてちょうだいね」

「……素敵だわぁ。見ていると、どれもこれも全部欲しくなっちゃう」

　坂田さんは、高い声をあげて笑った。何か尾を引くような、下品な笑い方だった。自分の無邪気な興奮を馬鹿にされたように感じ、幸子は決まり悪そうにガラスケースの中を覗き込む。

「これなんか幸子ちゃんに似合いそうだね。お値段も手頃で人気あるんだよ」

「そっちじゃなくて、こっちが気になる。つけてみてもいいかしら」

　坂田さんは鷹揚に頷き、鍵のかかったガラスケースを開く。幸子が指差したネックレスを、白い手袋をつけた指先で慎重に取り出してみせた。幸子は価格に目をやり、買うつもりもないのに咄嗟につけてみたいなどと口走ったことを後悔する。

「つけましょうか」

　幸子が答える前に、坂田さんが背後にまわりこむ。光沢のある細いチェーンが視界をかすめ、気づいたときには胸元に落ち着いていた。小粒な石だが、存在感がある。幸子の瞳の中で反射した光が揺れていた。くすんでいるはずの肌には色艶があり、幸子は、やはり光はまやかしのようだと思った。手元の鏡に、心なしかいつもより若く映る自分に浮かれる。しかし上体を屈めてさらに目を凝らせば、薄く垂らした前髪の隙間から、狭い額に亀裂のように走った横皺がのぞく。目を背けると、鏡の奥の視線に気づき、幸子は慌てて振り返った。

「……ごめんなさい」

　反射的に謝ったが、何を謝ったのかわからなかった。

「いいのいいの、ゆっくり見ていってください。幸子ちゃんはこの辺が華奢《きゃしゃ》だから、ネックレスが映えるね」

坂田さんは言いながら鎖骨のあたりを指先で撫でた。幸子はなぜか自分に触れられたような気がし、同じ箇所を指先でなぞる。

「店頭にないものでも、いろいろあるんだよ」

坂田さんが店の奥に引っ込み、売り場に一人きりになると、幸子は例の衝動に取りつかれた。欲しい、ただ欲しい、欲しくてたまらない。これまでよりもっと、眩しいほど鮮烈な欲求に貫かれ、心の表面に残滓のようにこびりついていた正義や道徳や規範が剝がれ落ちていく。剝がれ落ちたそれらを足で踏みつけて、幸子は出口へと向かう。扉は開かなかった。硬く冷たいガラスに、額や肘の骨がぶつかる。

「幸子ちゃん」

背後の声に幸子の身体は引き攣った。

「幸子ちゃんだめよ。ネックレスつけたまま外に出たら」

穏やかな笑みを湛えながら、いつの間にか奥から出てきた坂田さんがゆっくりと側に寄る。幸子は声が出なかった。言わなければいけないとわかっているのに、激しい心拍がそれを咎める。何か、気の遠くなるような感覚だった。

「外しますか。ほかのもあるからつけてみる?」

やっとの思いで幸子は首を横に振った。

蒼汰の情緒は、幸子が家にきた配達員を追い返した日を境に乱れ始めた。部屋の扉や壁を蹴る音が増え、深夜に奇声を発する。突発的にかかってきた電話に出れば、音もなく切れた。

五月に入ると、近所の小学校の子供たちが運動会に向けて行う予行練習の音が流れてくる。静寂に満ちた家の中に、定刻になるとなだれ込む声援や太鼓の、活力にあふれた振動と、陽気で威勢のいい音響が、憂鬱な幸子の気持ちをほぐした。騒がしいとも耳障りだとも思わなかった。だから、蒼汰から一言「うるさい」とラインでメッセージが来たとき、自分のせいだと思った。自分が立てた何かの音が、蒼汰の癪に触ったに違いないと。

――うるさい。

幸子が詫びる前に、蒼汰は同じ言葉を反復した。昼食に使った食器を洗っている最中で、慌てて濡れた手を拭き、テレビを消し、まわっていた換気扇を止めてから、幸子はもう一度画面に向き直る。

小学校がうるさすぎる。子供の声がうるさい。一方的なラインが立て続けに投下される。言葉でなだめようとする指が萎縮して震える。文字があわただしく更新されていく。幸子は乾いた目を瞬かせた。まだ濡れていた指先から水滴が付着し、文字が滲む。キッチンカウンターの上にスマホを置き、服の袖でいったん拭ってから、もう片方の手で文字を打ち込む手を支えながら打った。

運動会、終わったらまた静かになるから。もうちょっとの辛抱だから――。送信する。既読が付く。画面はこわいほど静かになる。じっと待った。息を止めてじっと待った。やはり返信はこなかった。幸子は堪えていた息を吐き出し、息のかかった生暖かい画面を指の腹で拭う。何度も拭う。綺麗になったと思ったのは錯覚で、黒く落ちた画面は付着した手垢が目立った。皮脂や、夥《おびただ》しい数の指紋が摩擦で伸び、亡霊のように漂っている。拭くと膨張し、時間の経過とともに分裂して数を増やした。

夜、布団に入ると、その日一日の出来事を振り返るのが習慣だった幸子は、いつしか翌日の予定に頭を巡らせるようになっていた。何時に起き、何を食べ、何時に家を出、何を買い、何時に帰るか――。生活スタイルが劇的に変わったというわけではない。ただ、丁寧な暮らしを送るようになっていた。朝は洗顔をした後に億劫だったスキンケアを施した。洗濯機をまわす際、工程から省いていた柔軟剤で香りづけをし、長い間簞笥の肥やしになっていた洋服を引っ張り出して、近所に行く時でも身に着けた。美容室に行き、久しぶりに髪も染めた。

外に出かける頻度が増えた。近所のスーパーだけでなく、電車を乗り継いで数駅先のスーパーやショッピングセンターまで足を運んだ。スーパーで買い物カゴに商品を入れ、レジで精算するものとは別に持参したエコバッグに品物を数点詰める。だんだんこなれてくると数十点に上る時もあった。急な予定が入って外出が困難になると、深夜に理由をつけてコンビニに行き、パンやおにぎり、菓子や飲料水をとり、誰もいない近所の公園のベンチに腰掛け、空腹なわけでもないのにひたすら貪った。手元から物がなくなると、高揚感も瞬く間に失せた。

抵抗がないわけではなかった。しかし、回数を重ねるほどに幸子の罪悪感は薄れた。一も十もおんなじだ。成功体験が重なるうちに、態度にも自信が生まれた。

肩にかけたエコバッグの持ち手を少しずらし、陳列棚との距離を詰める。品物には視線を向けず、入れるというよりは落とすような感覚で棚からバッグへと移行させる。品物がバッグに落ちたら、何食わぬ顔でその場から離れた。

幸子が帰宅してエコバッグの中身を見ると、自分では入れたつもりのない品物まで入っていることもあった。実際、店内をまわっている時の記憶はひどく断片的だった。はっきりと覚えているのは感触だけだ。商品を摑もうとして空を切る感触、パッケージの角が指の腹を刺激する感触、内側で柔らかく収縮する感触――。

自分の手の中で変容していく商品の感触だけが確かな実感としていつまでも残っていた。

車のフロントガラスに、吸盤でご当地キティちゃんのキーホルダーがいくつもぶら下がっている。蒼汰が修学旅行で地方に行くたびにお土産として買ってきていたものだ。お小遣いなんだから。現地で友達と飲み食いするのに使いなさい。幸子が言っても、何かの義務のように、その地方の特色を持ったキティちゃんのキーホルダーを必ず購入してきた。

運転席の夫に目を向ける。夫は冷蔵庫を見に行くのを億劫がっていた。それが昨日になって急に、「明日一緒に見に行こう」と幸子を誘いだした。

車で三十分ほどかけて、大型家電量販店まで足を運ぶ。車内で夫は可愛がっている部下の話ばかりしていた。部下は蒼汰と年が変わらないそうで、幸子は、夫が何かを言いたいのだろうと思った。しかし、何が言いたいのかわからないままに、車は店に到着した。

家電量販店の売り場で、夫は側を通った店員に声をかけ、値引き交渉をしてくれた。

夫の横で一緒になって相槌を打っていた幸子は、やがて疲れると、一言断ってからその場を離れた。久しぶりに車に揺られたせいかもしれない。同じフロアの自販機で冷たいほうじ茶を購入し、トイレの側にあるベンチで足を休めた。ベンチには先客がいて、十代後半くらいの若いカップルがふたりでひとつのスマホを見ながらげらげら笑っていた。幸子が腰を下ろしても、態度を変えることなくスマホに見入っている。できるだけ距離を取るようにベンチの端に寄り、幸子はマスクをずらし、ペットボトルのキャップを回して、ほうじ茶を口に含む。

蒼汰が中学生の時、近所の公園のベンチで、同じ学校の制服を着た女子生徒と並んでじゃれていたのを見かけたことがある。背が低くて、髪の長い、幸子の知らない女の子だった。蒼汰は、それまで幸子に見せたことのないような顔をしていて、邪魔だとわかっているのに声を掛けた。

——蒼ちゃん。

公園の外から、名前を呼んだ。黒い小さな頭が反応して振り返り、遅れて横にいた長い髪の毛が揺れた。幸子の存在に気づいた蒼汰は「あ」とか「お」とか、おそらくはそんなような言葉を発した。その時の、わずかしか開かなかった唇の動きを、幸子はなぜだか今でも妙に鮮明に覚えている。

——帰ろう。

蒼汰は返事をしなかった。戸惑った表情を浮かべ、やがて幸子から顔を背けた。

ぼんやりと物思いにふけっていた幸子は、ベンチの上で倒れたペットボトルから流れる液体を見て、こぼれている、と他人事のように思った。次の瞬間、早く起こさなければ、と頭ではわかっているのに、身体は動かない。思考と肉体の回路が不意に途切れて、連結がうまくいかなくなる。隣に腰かけていた制服を着たカップルのうち、男の子が先に気づいて、「あっ」と小さく声を漏らし、すみません、と手を差し伸べてきた。自分たちが笑った拍子にベンチが揺れ、その振動でペットボトルが倒れたと思ったのだろう。しかしキャップを閉めずに飲み口に被せていた幸子の不注意でもあった。

幸子は彼より先に倒れたペットボトルを両手で起こす。一度ではうまくつかめず、勢いよく流れる液体に尻込みしながら、前かがみになって取り押さえ、横倒しになった飲み口をまっすぐに立て直した。飲み口が反射して光り、指先が濡れる。飛んでいったキャップを、彼は追いかけていった。彼女の方も短いスカートを押さえて驚いたように腰を浮かせたが、その動作は単に足元に溜まった液体を反射的に避けただけのようにも思えた。弾力のある白くむっちりとした腿が眩しい。少し赤みを帯びていて、部分的に青緑色の静脈がかたまって浮き出ている。あの弾性のある腿の上に水を垂らせば、皮膚に吸収されずに、ただ白い肌の表面に丸い粒のように行儀よく乗るだろうと幸子は想像した。

キャップを手に戻ってきた男の子は、幸子にそれを差し出すと、足元を見て「やばいやばい。ポケ拭かないと。ほんとすみません」と平謝りしながら、制服のポケットに両手を突っ込んだ。ポケットの中に何もないことに気づくと、「ティッシュ持ってない？」と彼女の方に向き直る。幸子は自分のバッグの中にポケットティッシュが入っていたが、取り出そうとはしなかった。

「持ってるよ。少ないけど」

彼女がティッシュを差し出すと、彼は「さんきゅ」と言いながら細い指先で数枚抜き取り、足元にできた水たまりの上に重ねた。濡れたティッシュはすぐに小さくしぼみ、使い物にならなくなる。幸子はそこでようやくバッグに手を入れ、中からハンカチを取り出し、ティッシュの上から重ねた。ハンカチはあっという間に水分を吸収し、吸収した分だけ重くなる。綺麗に拭き、立ち上がりかけた時、夫から電話が入った。「ティッシュ、捨てときます」と男の子が手を差し出すので、躊躇《ちゅうちょ》しつつ、捨てる場所が見当たらなかったので乗せた。湿ったティッシュが彼の手のひらにできた丸い窪みに収まる。濡れたハンカチを手に幸子はその場から離れた。

夫とエスカレーターの前で落ち合い、並んで店の出口へと向かう。ペットボトルの中身をこぼしてしまったことを話そうとすると、夫がそれを遮るように鼻を啜った。持っていたポケットティッシュを渡す。幸子も夫を真似て鼻をかんだ。今日はなぜか花粉症の症状があまり出ていないが、家に帰ればまたひどくなるかもしれない。冷蔵庫の配送には思っていたよりも時間がかかるみたいだと、夫は幸子に鼻をかんだティッシュを手渡し、少し先を歩きながら告げた。

近くの蕎麦《そば》屋で昼食をとった後、少し車を走らせ、最寄りの大型スーパーに立ち寄った。行きつけのスーパーとは異なる商品の種類、陳列や規模に、幸子はいつになく胸が高鳴る。慣れた手つきでカートにエコバッグをぶら下げ、上下段にカゴをセットする幸子の横で、夫は手持無沙汰に野菜売り場を眺めている。

「タバコ、吸ってきていいわよ。必要なもの買うだけだから。後で荷物持ちにきてくれれば」

すぐにタバコを吸いにいくものだと思っていた夫は「俺も付き合うよ」と言って、カートの持ち手に片手を添える。休日のせいか買い物客は多いが、広い店内なので悠々とカートを押せる。ふたりで、店内を歩いた。幸子は野菜売り場で透明なポリ袋を一枚引き抜いて指で広げ、剝き出しの葱《ねぎ》を入れる。二股に分かれた青緑色のつめたい先端がカゴから飛び出て、幸子の手に触れた。

どこのスーパーも、生鮮売り場は冷える。しかし幸子の心は高揚感で熱く滾《たぎ》っている。お買い得品、鮮度抜群、などという謳い文句を目にすると、例によって身体が疼いた。幸子は手にした刺身パックをカゴの中に入れる。

「ねえ、このアジ、どう？　久しぶりに、アジフライなんか食べたいなあ」

「いいね。作りましょうか」

さして考える間もなく、パック詰めされたアジを上段のカゴに入れる。パン粉もないから買わないと、と言いながらカートの向きを変え、夫を先導する。陳列棚の前で立ち止まっては、背が高く肩幅の広い夫の背後に隠れるようにして、目についた品物をエコバッグの中に落とした。総菜売り場の前に来ると、夫が揚げ物に見入っている隙に、巻き寿司のパックを立て続けに二つ、カートにかけていたエコバッグに滑りこませる。流れるような動作だった。幸子はときどき、自分の動作に惚れ惚れした。無駄がなく、細やかな動き。夫が顔をあげて幸子を見る。

しばらくすると、夫は買い物に付き合うことに飽きたのか、タバコを理由にその場を離れた。去り際に、会計が済んだら呼ぶように言われ、頷く。軽快な足取りで喫煙所を探しに行く夫の後ろ姿を見送った後、幸子はカゴの中に次々と商品を入れていった。気が付くとカートに乗せたカゴは上下ともに満杯で、商品が詰め込まれたエコバッグももうゆとりがない。エコバッグを肩にかけ、カゴの下の方に埋もれてしまった食パンと卵がつぶれないよう商品をかき分けながら、幸子はカートをレジに向かって押した。レジの前には長い列ができている。ひとつひとつの商品を店員がレジで通し、袋が必要か聞かれ、答え、金額を言われ、払い、釣銭を受け取る――。その一連の煩わしいルートを通過しなければ手に入らない商品に幸子はやきもきした。このまま未精算の商品をカートごと駐車場に運ぶのはどうだろうか。実際、購入した商品をカートに積んで車まで移動させる客はいる。未精算かどうかなど、誰も気に留めないはずだ。幸子は自分の大胆な閃きを、しかし実行に移した。駐車場に向かうエレベーターを落ち着かない気持ちで待っていると、いつ戻ってきたのか夫が幸子を見つけて声を掛けてくる。

「もう精算終わったのか?」

「ええ」

「袋は? 詰めないの?」

「なんだか面倒で。このまま車まで運ぼうかと」

エレベーターが開き、夫が手で扉が閉まらないよう押さえていてくれたので、その隙にカートを押して中に入る。

「しかし、たくさん買ったなあ」

カゴの縁に手をのせ、夫がこぼす。中の品物をかきわけて検分する夫に、「触らないで……!」と幸子は怒鳴った。自分でも意外なほど大きな声が出て、戸惑いつつ、夫が動かした品物を元の位置に戻す。駐車場に着くと、周囲を警戒しながらカートを押し、先を歩く夫に続いた。夫がトランクを開けてくれたので、品物の詰まったエコバッグを肩から外し、真っ先に乗せる。続いて商品を乗せようとカゴに手をかけた時、背後から呼び止められた。

「すみません、店の者なんですが」

振り返ると、店の制服を着た中年の男性が立っていた。彼の視線は幸子の手元に向けられている。

「そちら、精算終わってますか」

表情のない顔で淡々と尋ねられ、幸子は固まった。身体がまったく動かない。口が思うようにまわらない。これが俗にいう万引きGメンというものなのだろうか、しかし万引きGメンは店の制服など着ていないのではないか、などと思考ばかりが激しくまわり続けている。

「これは……」と幸子に代わって説明しようとする夫を手で制し、「すみません」と愛想笑いを浮かべる。自分の右手が、わかりやすく震えていた。カートの持ち手を強く握りしめ、俯いたまま勢いよく言葉を吐き出す。

「私ったら馬鹿だわぁ。まだ精算終わってないのに持ち出しちゃったりなんかして。すみませんねぇ。お財布……そう、お財布を車に忘れてしまって、取りにきただけなんです。これからちゃんと、戻ってお支払いしますので」

「そうでしたか。実は最近カゴの持ち出しが増えて困ってまして……。買った品物ごと車に乗せて持ち帰ってしまうんです。カゴも店のものなので、精算が終わったら必ず元に戻してください」

驚いて反射的に身体が引き攣ったが、相手と目を合わせることはできなかった。安堵で足元から崩れ落ちそうになるのを、カートを支えに踏ん張った。繰り返し頷き、「すみません、気をつけます」と頭を低くして平謝りする。夫は困惑した表情を浮かべていたが、店員が去っていくと何事もなかったかのように車に乗り込んだ。

カートに入った商品をレジに運ぶ前にいくつか売り場に戻した。本当に必要なものもあったし、そうでないものもあった。そうでないものの方がずっと多くて、いっそすべて戻しても構わなくて、だが車で待たせている夫への建前上、カゴに商品を残したままレジに向かった。欲しくもないものを無暗《むやみ》にカートに入れた自分の右手に漠然とした憤りを覚え、会計待ちをする列に並びながら、カートの端に右手を打ちつけた。どれくらいそうしていただろう。手を止めたのは列が進んだからではなかった。子供が、幸子を見ていた。三、四歳くらいだろうか。戦隊もののキャラクターが前面に押し出された手作り風の青のガーゼマスクをつけ、一心に幸子の手元を見つめている。幼い頃、蒼汰も同じ戦隊ものにハマっていたことを思い出し、幸子はその子の顔ではなくマスクをぼんやりと眺めた。やがて目が合ったので取り繕うように笑いかけたが、子供はただ見つめ返してくるばかりで反応を示さない。透き通った無垢な目に、幸子は気後れする。スカートのポケットに手を突っ込み、中に入っていたキャンディの包みを差し出す。いつだったか、スーパーでとった袋入りのキャンディをバラしてポケットに忍ばせておいたものだ。ありがと、と子供は舌足らずな口調で礼を言い、受け取った包みの両端を大事そうにつまんだ。それからすぐに、身体をくねらせ、横で彼より幼い子供の対応に追われていた若い母親の服を引っ張る。迷惑そうに息子を振り返る母親に、もらった、と間延びした声で子供は報告した。

「なに？」

子供が幸子を指差し、母親からの視線が向けられる。女は幸子に何も言わなかった。ただ黙って子供の背中の辺りを軽く叩きながら自分の膝に抱き寄せ、「もう」と窘める。レジの順番がまわってきたので、幸子はその家族から離れた。家に帰ったら、あの子は注意されるかもしれない、と会計を済ませながら幸子は思う。自分も昔、蒼汰を同じ理由で注意したことがあった。知らない人から物をもらってはいけないと。同様に、人の物をとってはいけないと。無防備な子を、外の、あらゆる害悪から守らなければと必死だった。今でもその思いは変わっていない。危険な場所には行かなくていい。しかし家がいちばん安全な場所なのかどうか、幸子にはもはやわからなかった。

カウンターで袋詰めを終え、夫の待つ車に戻ってからも、幸子の不自然な動悸は収まらなかった。車が走り出してから窓を開け、マスクを外して外の空気を吸うと、徐々に気持ちが落ち着き緩和してくる。運転席の夫が話しかけてきたが、疲れていたので座席に頭をもたせ、目を閉じた。

その日の夕方、節さんから電話が入った。ここのところ彼女から連絡がなかったため、いつもどんなふうに話していたか、幸子にはうまく思い出せなかった。

「時間がある時で構わないから、また買い物を頼まれてくださらない？」

ついでに、湿布薬を切らしてしまったから、家にあれば持ってきてほしいとも。自宅の段差でつまずいて足を捻挫したらしい。なるべく早く伺いますと伝えて、幸子は電話を切った。

翌朝、幸子は節さん宅へと向かった。チャイムを押してから、以前よりもさらに長い間、玄関先で待たされる。救急車が一台通りを走っていき、サイレンに反応した隣家の飼い犬がひとしきり吠えていた。

「あら、幸子さん、こんな朝早くにどうしたの？」

「昨日、節さんからお電話いただいたので。……買い物を、頼まれてくれないかって。……湿布も持ってきたんですけど」

一瞬の間の後で、節さんは「ああ」と小さくため息にも似た声を漏らし、幸子の足元に視線を落とした。

「なんだか最近どうも忘れっぽくって……だめね。……どうぞ、あがって」

どこか腑に落ちない様子で先に居間へと続く廊下を歩いていく。目が虚ろで、ろれつがうまくまわっていない。話す内容も朧気で不明瞭だ。しかし幸子が曲がった背中に向かって足の調子はどうかと尋ねると、急に明るい表情で話し出した。

「それがね、昨日つまずいてひねってしまって。馬鹿よねえ。自分の家でつまずくなんて」

節さんは、その日の気分や体調によって情緒が揺らぎやすく、反応も鈍い。ただ、何気なく投げかけた質問によって不意に饒舌に話しだしたり、かと思えば知らない人を見るような目でじっと幸子をのぞき込んで沈黙し続けたりする。記憶も抜けやすいが、ふとした拍子に明瞭によみがえってくる場合があるらしく、そういう時は出会ったばかりの頃の、幸子がよく知っている節さんの顔になる。

節さんが買い物の代金を用意する間、幸子は節さんに代わってお茶を淹れるためキッチンに立った。

「ねえ幸子さん、わたし、あなたに何を頼んだんだったかしら？」

手を伸ばしたキッチンの戸棚に、封の開いた茶葉のパックが二つあるのを発見して、どちらから使うか迷っていた幸子は手前のパックを手に取る。

「さあ……私も、買い物を頼みたいと言われただけなので。食材とか日用品とか、最近、何か切らしてしまったものはありますか？」

「メモを書いておいた気もするんだけどね……そのメモをどこにやってしまったか……」

ぶつぶつと独り言のように呟きながら、和室に消えていく。幸子はガスコンロの火を止め、その場を離れた。仏壇の前まで行き、商品券を探すが見当たらない。ついこの前まで、たしかにここにあったはずなのに。仏具に、枯れた花、ろうそく、和紙の敷かれた高坏《たかつき》の上には菊最中が供えられ、老眼鏡にペンも転がっている。その状態は以前と変わらないのに、商品券だけがない。どこかに片づけたのだろうか。幸子は躍起になって側の引き出しや仏壇の下など、思い当たる箇所を漁った。和室の音が止んだ気がして一瞬身体が硬直したが、節さんの独り言とともにまた音が再開したので、幸子も探すのを続行する。なぜかあきらめきれなかった。

畳に膝をつくと、幸子の手は自然と仏壇の引き出しの取っ手をつかんでいる。

「幸子さぁん」

名前を呼ばれ、幸子は瞬時に振り返る。頭皮に汗が溜まるのがわかった。部屋の奥から節さんが顔を出し、「ごめんねぇ。お待たせしちゃって」と詫びながら居間のテーブルに手をついて腰を下ろす。

「どうしました？」

慌てて引き出しの取っ手から目についたおりんへと右手を移動させながら、幸子は節さんに言葉を促す。節さんは身体を傾けて幸子の手元を覗き込み、「あらあら、お線香あげてくれてたのぉ」と嬉しそうに顔をほころばせる。

「いえ、私は……」

幸子はバツの悪い思いがしたが、うまく取り繕うこともできずに仏壇に向き直り手を合わせるも、あまりの白々しさに早々にその場から腰をあげた。

「節さん、メモは見つかりました？　買い物の」

「それが、見当たらなかったの。書いた気がするんだけどねぇ。ほんとに、物忘れが多くて嫌になっちゃう」

キッチンに戻った幸子は、ぬるくなった湯を再沸騰させてお茶を淹れ、節さんのもとへと運んだ。

「ありがとう、さっちゃん」

お茶の入った湯呑に手を伸ばし、唇をすぼめながら啜る節さんを横目に、幸子は、この人はまったく私を信じ切っている、とほとんど確信に近くそう思った。

「思い出せるまで待ちますよ。節さんが頼みたい物、思い出せるまで」

幸子は、もうしばらく節さん宅に居座ることにした。またいつ節さんが席を外すタイミングがあるともわからない。

「幸子さんは、本当に親切な方ねえ。きっと、親御さんの育て方が良かったんでしょうね」

返す言葉に迷い、曖昧に微笑んでお茶を啜った。幸子を見て、節さんもまた湯呑に口をつける。

「あなたが淹れてくれたお茶、美味しいわぁ」

幸子に話しかけているはずなのに、節さんの目はどこか遠くを見つめている。ゆるんだ唇の端から、お茶が垂れる。お茶はやたらと濃くて苦かった。この人は舌まで鈍感になってしまったのだろうかと幸子は思い、直後、自分のあまりの冷淡さに嘆いた。気持ちを鎮めるように、丈の長いスカートのポケットの中に自分の手を沈める。このところ、気がつけばいつも、ポケットに手を入れていた。何か癖のようにもなっていた。人目だけでなく日差しや照明といったあらゆる光を防ぐポケットは重要な遮蔽物であった。いつでも手を入れられるようにスカートやパンツはポケットのあるものを好んだ。狭い開口部ながら奥行きと容量のある空間は小物や片手に収めた物を入れるのに有用で、幸子はそこに飴やガム、時には膨れたバッグに収まらなくなった菓子パンを無理やりねじ込んだ。奥まで手を忍ばせる。ポケットは深く、ほつれた糸が指先に絡む。裏地を通して、太腿を撫でる。そうすることで、安心を得られた。

節さんがトイレに立った隙に、幸子は居間にある棚の引き出しを片っ端から開け、ついに中に収まっていた商品券を見つけ出した。それを自分のバッグにしまい込み、湯呑に残ったお茶を飲む。節さんが戻ってくると幸子は笑顔で提案を持ち掛けた。

「節さん」

聞こえなかったようで、もう一度名前を呼ぶ。

節さん。もしよかったら、合鍵を作りませんか？

「合鍵……」

縦皺だらけの血の気のない唇を、節さんが小さく動かす。

「同じ鍵を作って私に預けてくれれば、わざわざ節さんが玄関まで出てくる必要もないですし。節さんに負担がかからないかなって」

節さんが黙ったまま眉根を寄せ、瞳を数度瞬かせる。訝《いぶか》しがるというよりは、何か、陽射しの眩しさをこらえるような表情だった。物忘れが激しくなってからだろうか。節さんには、そういう独特の表情と間がたびたびおとずれた。当初、あまりに遅鈍な反応に気を揉んで、幸子は自分の発言を撤回していたのだが、今ではもう慣れた。節さんは何かを思案しているようで、その実、何も考えていない。

「きょうこさんあなたって、ほんとにいいひとねぇ」

幸子は黙って節さんの顔を見る。節さんは笑っている。腰を捻って前のめりになり、鍵を貸してください、とほほ笑む。鍵の在処《ありか》は把握していたが、建前上そう言った。節さんがテーブルに手をつき、ゆっくりと立ち上がる。ひどく緩慢な動き。その動きを身じろぎもせずに見つめていた幸子は、不意に視線を感じ、はっとして横を見た。棚の上に正方形の煎餅のスチール缶があり、その側面で光が揺動している。幸子は一瞬驚いたが、向かいのテレビの映像が反射し、不自然に歪んで映っているだけだった。

幸子はその日のうちに近所の鍵屋へと行った。ものの数分で合鍵を作り、節さんの家に戻る。

数日後、再び節さんの家へと向かった。その時間帯、節さんが病院の検診で留守にすることを、幸子はあらかじめ知っていた。家の前で周囲を気にしつつ鍵を開ける幸子の横で、節さん宅の隣家の犬が、また吠えていた。

節さんが不在だとわかっているのに、幸子は足音を立てないよう慎重に廊下を進んだ。日中の陽射しが差しこむあたたかな床の感触に、緊張の糸が俄かにほぐれる。扉が開け放された和室に足を踏み入れると、節さんが寝ているベッドのすぐ横に、以前にも見せてもらったことのある古いドレッサーがある。幸子はその中のアクセサリーを持ってきたバッグの中に入れた。洋服箪笥を上から順に開けていく。年季の入った箪笥は埃くさく、開閉の際に軋み、不快な音を滲ませる。下段に美しい色柄の着物や帯を見つけ、幸子は目を奪われた。引っ張り出し、広げている最中に、玄関の方から物音が聞こえ、手を止める。着物を畳もうとしたがうまく畳めず、とにかく元に戻さなければと躍起になり、乱暴に丸めて箪笥の中に押し込む。そのまま部屋を出て、慌てて玄関に向かう。ちょうど靴を脱ぎ終えたばかりの節さんが振り返り、奥から出てきた幸子を見て驚いたように目を見開いた。

「……幸子さん⁉」

「あの……節さん、今日は病院じゃ……」

「ええ、そうなの……今帰ってきたところよ。……幸子さんはどうしたの？」

幸子は混乱し、早口で状況を説明しながら靴に足を通す。

「私は、今日は……一日節さんがいるものだと思って……ほんとに今、たった今お邪魔したところだったんです。……あ、家には合鍵で入ったんですけど、節さんの姿が見えないから、帰ろうと思って」

「そうだったの。ごめんなさいね。どうぞゆっくりしていって。幸子さんは――」

節さんの話を聞き終わらないうちに幸子はドアノブをまわす。早足で来た道を引き返し、途中まで歩くと、今度は走って逃げるように節さん宅から遠ざかった。しばらくして、激しい動悸に耐え切れず、立ち止まって息を吐いた。何度も吐いた。立っていられず、道の端に寄ってしゃがみこみ、足を抱えた。膝に押し当てた顎がふるえている。


蒼汰の手を引き、駅からショッピングセンターに続く道を闊歩する。

「どうしたの。そんなにはしゃいで」

浮かれる幸子の横で、蒼汰は冷静だった。少し落ち着きなよ、と窘められ、窘められているのに幸子の頬はいっそう緩んでしまう。

息子とふたりで買い物をする――夢みたいだった。夢を見ているのかもしれないと思った。しかし幸子の手はしっかりと蒼汰の二の腕を摑んでいて、その筋力のない痩せた腕についた少しの脂肪と強張った骨の感触が、隣に確かに息子が存在していることを証明してくれていた。

ショッピングセンターの洋服売り場を見てまわる。蒼汰の気に入ったシャツをカゴに入れようと手を伸ばすと、その手を蒼汰が摑んだ。

「……蒼ちゃん?」

水分のない乾いた手に、大きくてあたたかな手が被さる。手を引いて、帰ろう、と蒼汰は言った。店の出口へ向かおうとする蒼汰の背中に向かって、「帰れないよ」と幸子は告げる。

「まだ買い物が終わってないもの」

ゆっくりと蒼汰の手を離す。

蒼汰の服を何点かエコバッグに入れ、蒼汰の欲しがったワイヤレスイヤホンとスマホの充電器をバッグの中に滑り込ませる。商品には盗難防止のタグが取り付けられてあり、以前の幸子であればもどかしく思いながらも断念していたのだが、あらかじめ用意しておいた小型ペンチでタグを切断した。切断は容易だったが手首におかしな力が入り痛む。幸子は足元に落ちた黒いタグを陳列棚と床の隙間に向かって蹴り、喜びで胸を膨らませながらその場から離れた。

気がつくと、蒼汰の姿はなかった。

「蒼ちゃん……！」

幸子は名前を呼んだ。辺りを見回し、同じ通路を何度も通る。蒼汰はいない。冷や汗が出た。別の階もくまなく探したが見つからず、半狂乱になって売り場を歩き、側を通った店員を呼び止めて助けを求める。

「息子を知りませんか？　少し目を離した隙にいなくなってしまって」

店員は、幸子の焦りが伝搬したかのように動揺した様子で目を瞬かせる。

「息子さんは、何歳ですか？」

「……何歳？　何歳ってそれは――」

「外見の特徴などもあれば教えてください」

「特徴……」

聞かれると、幸子は急にわからなくなる。ついさっきまで隣にいて触れていたはずの息子の顔も、年も、身なりも、すべてが漠《ばく》としていて、何一つ判然としない。


家に帰ると、猛然と蒼汰の部屋の前まで行き、扉を叩いた。

「蒼ちゃん、いるんでしょ？　開けて。なんでお母さんのこと置いてっちゃったの？　なんで？　お母さん、何かした？　蒼ちゃんの気に障るようなこと、何かした？」

応答はなかったが、幸子は扉を叩き続けた。右手の側面が赤くなるほど何度も叩き、声を嗄《か》らす。やがて、蒼汰が扉の奥から顔を出した。困惑した表情を浮かべ、掠《かす》れた声で「……どうしたの？」と問う。

「どうしたのって……蒼ちゃんが先に帰っちゃったんじゃない。一緒に買い物に出かけたのに」

そこまで話して、幸子は息子がさっきまで本当に隣にいたのか、確信が持てなくなる。この手で摑んだはずの二の腕も、交わした会話も、何もかもが。

「何言ってんの？　何の話？」

「違う。だって私は、蒼ちゃんが欲しがったから――」

部屋の前で、エコバッグに入った品物を広げた。

「これ、ぜんぶ蒼ちゃんの」

床に散らばった品物を、ひとつひとつ、拾い上げては目の前の息子に手渡した。呆気にとられた表情で蒼汰は立ち尽くしている。

「……どうしたの？」

蒼汰はさっきと同じ質問を繰り返した。だから、と言って幸子は恍惚とした表情を浮かべ、息子を見上げる。


数日後、幸子は再び節さんの家へと向かった。合鍵で中に入り、居間を覗くと、座椅子に腰かけテレビを見ていた節さんと目が合う。怪訝な表情で身体を起こす節さんに、幸子は笑顔で「こんにちは」と挨拶をする。

「合鍵で入ったんです。合鍵。もしかして忘れちゃいました？　節さんが渡してくれた――」

節さんの不躾な視線が恐ろしくて、幸子は取り繕うように言葉を紡ぐ。覚えてるわ、と節さんは言い、こもった咳を二回した。

「今日は少し冷えるわね。幸子さんもゆっくりしてらっしゃって」

ようやくいつもの柔和な表情に戻ったので、幸子はホッとしてバッグを置き、上着を脱いだ。

「ありがとうございます。私、お茶をいれますね」

キッチンに立ち、湯を沸かす合間に、幸子の視線は忙《せわ》しなく部屋のあちこちへと注がれる。お茶を飲み、ふたりで他愛もない話をした後、節さんがトイレに立った隙に和室に入った。着物と帯を、洋服簞笥の下段から取り出す。着物は幸子が丸めた時の状態で簞笥の中に収まっていた。それらを小さく畳み、用意したエコバッグに押し込む。やがて節さんがトイレから出てくると、幸子は上着の袖に腕を通し、バッグを手に取った。

「節さん、私そろそろ……」

腰を上げかけた幸子に節さんはゆっくりと近づいてきてほほ笑む。

「幸子さん、今思い出したんだけど、いただきもののバウムクーヘンがあったの。一緒に食べましょう。良かったら、コーヒーを淹れてくださらない？」

幸子は断ったが、節さんは強引だった。仕方なく、羽織ったばかりの上着を脱ぐ。ついさっき、お茶菓子の塩大福を食べたばかりだと思いながら。沈んだ真っ暗な部屋の中に、橙色の西日が射しこむ。節さんが天井に向かって手を伸ばし、黄ばんだ電球の紐を弱々しい力で引っ張った。

バウムクーヘンを食べた後、夕飯の支度を理由に、幸子はようやく節さん宅を出る準備をした。

「またいらして」

見送らなくていいと断ったのに玄関までついてきた節さんは、靴を履く幸子の背中に向かって声をかける。

ええもちろん、と振り返ろうとした幸子の腕を、節さんが後ろから引いた。危うくバランスを崩しかけ、反射的に壁に手をついて支える。体勢を整えた幸子の耳に節さんの湿った声がかかった。

「うちで最後にしなさい」

幸子は面食らったまま言葉を失い、その状態で立ちすくんだ。エコバッグの持ち手の片方が肩から落ち、中身がのぞく。頭が真っ白になり、幸子は着物の入ったエコバッグを節さんに押し付け、振り返らずに慌てて外に飛び出した。


幸子が節さんの家を再び訪れることはなかった。謝らなければいけないとわかっていたが、どこからどう謝ればいいのかわからなかった。スーパーにも足を運ばず、やがて思考することにも疲れ、ぼんやりと時間ばかりが過ぎていった。平日、夕飯を作ることを忘れ、帰宅した夫が文句を言いながら近所の弁当屋で弁当を買ってくる。軟らかい白飯を箸でつつきながら、前に節さんと一緒に食べた寿司の味を思い出す。何か深い喪失感のようなものに襲われたが、失ったものがそもそも最初から存在していたのかどうかも、今の幸子には曖昧だった。


昨日、夫から「もう醤油がないよ」と言われるまで気づかなかった。戸棚も覗いたが、ストックも見当たらない。しばらく遠のいていたスーパーまで幸子は足を運んだ。

入店したスーパーで、側にいた女性に怪訝な顔で覗き込まれ、幸子はハッとして我に返った。幸子よりずっと若い、肌の白い綺麗な女。巻き寿司に揚げ物のパック、菓子パンにカットフルーツ、ティーバッグの緑茶にクリープ、その他インスタント麺やスナック菓子などが入った蛍光色のカゴを後ろ手にまわし、女は幸子を見ていた。ひどく不躾な視線だった。先に女が幸子を見たのではなく、幸子が女を見たのが先だったと、女がその場から立ち去った後にようやく気付く。幸子は女のカゴの中身を見ていた。大丈夫と、耳元でささやかれた気がした。それが誰のささやきなのかはわからなかったが、幸子はその言葉を不用意に信じた。大丈夫だと思った。自分だけは大丈夫だと。これまでもそうだったのだから。

カートを引く。上段の荷台にカゴを乗せ、手前のフックにエコバッグを引っかける。帰ったら巻き寿司と揚げ物で遅い昼食を取ろう。明日の朝食べるパンがない。コーンフレークは夫が食べるだろうし、ヨーグルトもあったら嬉しい。牛乳も足りない。今日は夫が出張で不在だが、たまには贅沢に夕食にステーキ肉を用意してもいいだろう。コーヒーがなくなりそうだし、夫がいつも飲む発泡酒も切らしている——。商品を次々と手の中に収めながら、幸子は、いつの間にか膨れていくエコバッグの重みで傾くカートを支えた。数年前、雑誌の付録として手に入れたグレーのエコバッグ。某有名百貨店のロゴが中央に入り、生地がしっかりとしていてかさばらず、容量がある。非常に使い勝手が良かった。

牛乳だけはレジを通そうかと思っていたが、昼時で列を成していたため億劫に感じ、膨れたエコバッグを肩にかけて店の外へと出た。駐車場の脇まで歩き、肩から下ろしたエコバッグを地面に置く。スマホを開いた瞬間、手元の光が遮られた。

「すみませんお客さん」

頭上から降り注がれたような声だった。ちょうど顔の辺りに陽が射し、声をかけてきた相手がどんな顔をしているのか、幸子には捉えがたかった。

「お会計の済んでいない商品、ありますよね」

心臓が破裂しそうなほど激しく打つ。男性は中腰になって幸子と目線の高さを合わせると、足元に置かれたエコバッグを手で示した。

「……いえ……あの……これは」

形の崩れたエコバッグの開口部から、スナック菓子の外装がのぞいていた。

「ちょっと、事務所でお話聞かせていただけますか？」

男性の声は、これ以上ないというほど穏やかだった。

「違うんです……わたし……これは……だから、」

言葉を発しようとするたび、思うように声帯が震わず、舌が滑らかに動かない。激しい動悸がし、額に汗が滲む。中で、と男性は繰り返し、幸子の代わりにエコバッグを持ち上げる。幸子の手を取ってエコバッグの持ち手を握らせてくるので、幸子はこの状況に置かれてもまだ、この中に入った品物は自分の物だという錯覚を起こした。

効きすぎた空調の風が顔に当たる。軽快なBGM、レジ機がバーコードを読み取り、店員の手によって品物が慌ただしく捌かれるたびに、パッケージが擦れる音が鳴る。店員が金額を言い、支払い方法を尋ねる。まだ精算の済んでいない商品の入ったカゴが、自動精算機へと運ばれる。画面を操作する指が繰り出す音がそこかしこで響く。釣銭が吐き出される。文字の印字されたレシート。つるつるとした感熱紙の手触りを、よく知っている。幸子は決して鳴りやまない音に耳を澄ました。

「お会計、ちゃんとします。今ここでちゃんとします。だから――見逃していただけませんか」

幸子は店の奥へと誘導する男性の袖口を摑み、懇願した。精肉売り場の近くだった。商品を吟味する人々が側を行き交う。パック詰めされた冷たい肉の塊が、幸子を責め立てているようだった。

「魔が差しただけなの。見逃してください。もうこんなこと二度としません。ぜったいに……ぜったいに」

周囲を気にして大声をあげることは憚られたが、幸子は男に詰め寄った。男が何か口にする。幸子の耳にはうまく聞き取れなかった。しかし、それ以上の抵抗はしなかった。ここでは、激しい抵抗も、弁解も、通用しないと悟った。バックヤードに続く扉を潜り、湿った通路を進む。作業着を着た従業員が幸子の横を慌ただしく行き交う。

「袋の中身、全部出してもらえますか」

デスクの上にパソコンが一台あり、鈍い光を放っている。事務机のほか、プリンターや書類の積み重ねられたラックが並ぶ狭い空間で、中心に配置された机の前へと幸子は案内された。促されるがまま袋から品物を一点ずつ取り出し、相手の反応を窺いながら机の上に置く。途中まで出して躊躇《ためら》うような素振りを見せると、「中、まだ入ってますよね。全部出してくださいね」と優しい声色で注意される。仕方なく、袋の中身をすべて出し、用意されたパイプ椅子に力なく座り込んだ。

「まだですよね？」

幸子が顔を上げると、男は幸子を見下ろし、静かな口調で諭すように促した。

「スカートのポケットにも入れてましたよね？　見てましたから。全部出してください」

驚いて、スカートの両脇を手で押さえる。膨れている。手を突っ込むと、大福がひとつ、あんドーナツの袋が一つ、パッケージの潰れたガムとグミが中から出てきた。幸子は驚きを隠せず、何度も首を傾げ、ポケットに触れる。まったくの無自覚だった。それで、そう言った。男は何か言いたげな表情を浮かべたが何も言わずに、どこかへ電話を掛ける。警察が来るのだ、と咄嗟に思い、幸子は気が動転した。私は通報されたのだ。捕まるのだ。頭の中で安易に予想される展開に、幸子は激しく怯《おび》え、狼狽した。どうしたらいい。私はどうしたら、どうしたら――。

椅子から立ち上がると、幸子は身体を丸め、髪を振り乱し、冷たい床に向かって額を押し付けた。

「ごめんなさい、許してください。許してください。もうしません。絶対にしません。許してください。お願いします。許してください。どうか――」

幸子は泣き崩れた。マスクの紐が片方外れ、舌に黒い髪の先がついた。鼻水が喉の奥に下り、粘膜が熱く震える。声を出そうとすると痰が絡み、粘液を押しとどめながら言葉を発しようとすると空回りしてえずく。

「顔をあげてください」

声が降ってくる。乾いた抑揚のない声。床に手をついたまま顔をあげる。男は黙って幸子を見下ろしていた。血走った瞳からは感情が読み取れない。幸子の舌に付着し巻き込まれた髪の毛が、唇の端から垂れた。急速に乾いていく唾液の匂いが鼻をかすめる。濡れた睫毛が瞬きのたびに視界に薄い透明な膜を張った。幸子はうなだれた。

しばらくして、店長と名乗る男が最初に対応した男と入れ替わるように部屋に入ってきて、質問を矢継ぎ早に浴びせる。

「これがはじめて？」

「はじめてです」

「はじめてじゃないでしょ？　どうして万引きしたの？　お金ないわけじゃないんでしょう？」

「はい」

「あるのにどうして盗るの？　見つからないと思った？」

「魔が差しただけです」

「魔が差したっていう数じゃないよねえ……。お仕事は？」

「……主婦です」

「旦那さんは、このこと知ってるの？」

まさか、と幸子は思わず顔をあげる。顔をあげた拍子に、初めて真正面から男の顔をとらえた。声を聞いていた時は勝手に年配だと思い込んでいたが、こうして顔を見ると蒼汰より少し上くらいに見える。

「言えないでしょう」

「……はい」

「家族に言えないようなこと、しちゃだめだよ。わかりますよね？」

男が身を乗り出す。机の下で男の組んだ足先が幸子の膝に当たる。話しながら指先で忙しなく動かしていたボールペンが机上に落ちた。男はそれを拾わない。太い指の節に、押しつけられたペンの跡がある。その浅い窪みを覆うように指が重なる。

忙しいと言いつつ、男の諫言《かんげん》は続いた。滔々《とうとう》とした説諭の最中に警察がやってきて、幸子の身柄は引き渡された。警察署で取り調べを受け、写真撮影や指紋採取などが行われる。スーパーでの質問と同じようなことを幾度となく尋ねられ、幸子は疲弊した。座っていることが苦痛だった。声を出すことが億劫だった。弁解する気力も失せ、ただ短く淡々と調査に応じる。解放されたい、その一心だった。

「ご家族の方に迎えにきてもらいたいんですが、どなたか連絡つく方は？」

警察から身元引受人が必要だと言われ、幸子は青ざめた。

「できません……そんなことできません。……難しいと思います。夫は出張に行っているので」

「困りましたねえ。お子さんは？　ごきょうだいでも構いませんが」

息子が、と言いかけて、幸子は口をつぐむ。警察に連絡先を促され「来ないと思いますけど」と一言断ってから伝えた。


しばらくして、蒼汰が現れた。着古したグレーのスウェットに身を包み、玄関に置きっぱなしの履きつぶしたサンダルを突っかけている。

警察から息子さんが来ると伝えられていたものの、いざ姿を前にすると、幸子は反射的に俯いた。視線を膝の上に泳がせたまま、両手に力を込める。蒼汰の声がするが、まともに見ることができない。息がうまくできない。焦って何度も吸おうとすると余計に乱れ、荒い呼吸で身体が震えた。喉元を押さえ、前傾姿勢になって、幸子は必死に乱れた呼吸を整えようとする。苦しさに、涙が滲んだ。肩を抱かれる。ぼやけた視界に、蒼汰が映っていた。

幸子が蒼汰に付き添われて警察署を出た時には、既に日が暮れていた。まだ少しふらつきがあり、蹌踉《そうろう》とした足取りで少し前を歩く蒼汰の背中を追う。時折蒼汰が背後を気にするように歩みを緩めるが、幸子は蒼汰と肩を並べることができず、距離を取って歩いた。自宅が近づいてきても、ふたりの間に会話はなかった。

帰宅後、幸子はどっと疲れを覚え、リビングのソファに身体を横たえた。すぐに自室に戻るだろうと思っていた蒼汰はいつまでもリビングに残っている。話さなければと幸子は思うのに、何をどう話せばいいのかわからず、頭の中に言葉が浮かんでは消えた。時間ばかりが虚しく過ぎた。

蒼汰は少しずつ部屋の外に出てくる時間が増えた。しかし幸子は安らぎを得られなかった。時々何か強い視線をおぼえ、顔をあげると蒼汰と目が合う。目が合うと蒼汰はすぐに顔を逸らしたが、一瞬の鋭い目つきに、幸子は監視されているような居心地の悪さを感じた。逃れるように蒼汰の側を離れる。

夫が休みの日に、久しぶりに三人で食事に出かけた。数年ぶりの家族での外出に、幸子の気持ちは弾んだ。あらかじめ予約していたレストランでランチをとる。美味しい料理と、配慮の行き届いた接客、清潔な空間は、独特の高揚感をもたらす。幸子は、もう終わりにしようと思った。

店を出た後、三人で夕食の買い出しをした。蒼汰がオムライスを食べたいというので、必要な材料を購入し、帰路につく。途中で、肝心のケチャップを買い忘れたことに気づき、幸子は慌てて一人で買いに戻った。

売り場でケチャップを手に取り、レジへと向かう。途中の通路に菓子コーナーがあり、幼い頃好きでよく舐めていたキャラメルの箱を見つけ、幸子は手に取る。赤と白を基調とした、木馬のイラストが描かれたパッケージ。気がつけばバッグの隙間から中に落としていた。

可及的に、すみやかに

商店街に、いちごスムージー専門店ができたことを、わたしは知らなかった。二駅先に大きめのホームセンターができたことも、幼い頃よく遊んだ公園が取り壊されたことも、その敷地内がアスレチックのない殺風景な憩いの広場になったことも、父の知り合いでよく家に遊びにきていた正岡《まさおか》さんがコロナで亡くなったことも、明世《あきよ》の子供が今年で八歳になることも、知らなかった。わたしには、知らないことが多すぎた。つまり、それだけ時間が経っていた、ということなのかもしれない。

トイレの個室から出て、仄暗い間接照明の下、自分の顔を鏡に映しながら、先ほどまで友人たちと交わした会話を反芻する。

「あそこの店、よく潰れないよねぇ」

「ねえ、それマジで思う。お客さん入ってるの見たことないもん」

「そもそもさあ、スムージーなんて夏しか飲まなくない？」

「飲まない。しかも高いし。たしか一杯七百円近くする、強気な価格設定」

「あれさあ、仕入れた分のいちご、ぜったい余ってるよね。余ったのどうしてるんだろ」

「従業員が店閉めた後に食べてるんじゃん？　そんなんだったら落合《おちあい》さんとこの和菓子屋に入れてあげてほしいわ」

「え、なんで和菓子屋？」

「あそこ、いちご大福売ってんじゃん。私地味に好きなんだよねえ」

「ねえ、それって何のお店？」

その場にいた全員がわたしの顔を見て、つい話の腰を折ったと気づいた。

「え、何が？　和菓子屋？」

「じゃなくてスムージーの方」

「ああ、商店街の？　いちごスムージー専門店だよ。え、知らない？　あ、そっか、詩織あの店できたとき、こっちいなかったもんね。そっかそっか」

祥子《しょうこ》がひとりでに納得して首肯し、残り少ないグラスを傾ける。

「ちょ待って、それ私の」

「うわやだ、なつと濃厚接触しちゃったよ」

「いやもう既に濃厚接触だから」

麻里《まり》が突っ込み、あずさが笑い、会話が戻る。わたしは胸を撫でおろし、自分もグラスを傾ける。

「新しいのたのもーっと！……すいませぇーーーん」

個室の襖《ふすま》をあけ、廊下に向かって叫ぶあずさを祥子が遮る。

「酔っ払いぃ！　おっきい声出さなくても、そこにベルあるから」

ちぃぃぃん、と軽快な音が鳴り、身体が思わず過敏に反応する。数日前から、呼び出しベルを息子が頻繁に鳴らすせいだ。おもちゃなのに本物のような音がする、よく目を凝らすと精巧な造りのカプセルトイ。

「うるさいから、めったやたらに鳴らさないでって言ったでしょ。言うこと聞けないんだったらぼっしゅーだよ！」

ちょうど一週間前、翔《かける》を連れて街に繰り出した際、帰り路にねだられて買ったガチャガチャの中身。なぜ買ってしまったのだろう。直前まで翔が迷っていた、全六種の「自分専用つり革」に誘導していればよかった。今はハンガーで代用しているつり革を室内の物干し竿に引っかけて、翔の「がたんがたん」という効果音に合わせて、満員電車よろしく身体をぶつけ合いながら揺すられる「電車ごっこ」に付き合っていた方が、心理的負担は少なかったはずだ。

「めったやたらにってなにぃ？」

「むやみにってこと！」

「むやみにってなにぃ？」

「いいから！　ねえ、ちゃんと聞きなさい。あんたが朝早くにちんちんちんちんちん鳴らすから、おばあちゃん起きちゃったんだよ。うるさくて起きちゃったの。わかる？　迷惑だからやめてって。すごい響くんだから」

返事をする代わりに、翔は自分の小さな背中越しに隠したベルを、後ろ手に一回ちぃぃぃんと鳴らす。朝から盛大な怒鳴り声をあげ、廊下をかけていく翔の後を追った。

トイレから戻ると、いつの間にか会計の準備が始まっていた。紗希《さき》がスマホの電卓で一人分の金額を割り出し、皆それぞれ財布からお札や小銭を取り出し始める。

「あぁ、百円足りん」

「いいよ、そんくらい」

「ペイペイやってる？」

「あーやってない。楽天ペイならやってる」

「まじか。そんなら後でコンビニで崩すわ」

「はい、あたしまとめて払いまーす」

かいしゅーと奈津美《なつみ》が言いながら、冬のボーナスで新調したというトリーバーチの二つ折り財布を横に置き、テーブルの上の現金を両手でスライドさせ、自分の方へかき集める。

「またみんなであつまろーねー」

「およぉ」

「およおよぉ」

少し前までみんなが毎朝視聴していたという朝ドラの舞台が五島《ごとう》列島で、賛成を意味する方言に「およ」というのがあるらしく、誰かが提案すると、口々に「およー」と同意する。朝ドラの放送時間はわたしが翔を幼稚園へと連れていく時間と重なっていたので、一度も観たことがない。それでも、ワンテンポ遅れたことを誤魔化すみたいに、わたしもみんなに倣って「およぉ」と誰よりも威勢よく返す。馬鹿でかい声。言ってからすぐに気恥ずかしさを覚え、俯き加減にサンダルに足を通す。自信がないのに態度だけでかい子供みたい。翔と日々対峙していると、自分の声のボリュームがどんどん跳ね上がっていく感覚がある。

「いつ空いてるー？」

「飲み？」

「飲み飲み」

「基本いつでも。カレンダー通りだからみんなに合わせる」

「あずんとこ新婚じゃん。外泊いいの？」

「いや、泊まりじゃないし。子供いないからそこらへんは自由だよ。旦那はわりと寛容だから」

「私シフト制だからあらかじめ希望日申請すればいけるよ」

「しーちゃんは？　かけるくんいるからやっぱきびしい？」

紗希の一言でみんなの視線が一斉にわたしに向き、慌てて首を横に振る。

「きびしくないきびしくない。親がいるから」

「そういうとき、親がいるといいよね、マジで」

「尚也《なおや》に任せたりもするの？　いちおう親なわけだし」

「祥子うけるんだけど。一応って何。れっきとした親っしょ。いくら別れたからって詩織がひとりで子供の面倒みるのはちがくない？」

割って入るタイミングを失い、苦笑しながらサンダルのストラップを足首に巻きつける。本音を言えばもうあまり蒸し返されたくないのだが、尚也は中学校の同級生で、部活のメンバーとも旧知だし、地元に帰る時点で友人たちに内情を把握されることは覚悟していたつもりだった。

「私も子供産むなら実家の近くに移ろうかなあ」

流れを変えるように紗希が口にする。

「その方がぜったいいいよ」

「いやあんた子供いないでしょうが」

「妄想よ妄想」

「出た、なつの妄想力」

「妄想ですでに五人くらい産んでるから」

連れだって先に店を出ていく麻里と奈津美の高笑いが路上に響く。みんなより少し出遅れたわたしは慌ててスマホをバッグにしまい、立ち上がった。二十五・五㎝のサンダル。女性にしてはサイズが大きいとからかわれることを怖れて指摘される前に公表してきた扁平足。わたしのサンダルが玄関に置いてあると、すぐに履こうとする十八㎝の小さな足の息子。やめなさいと怒鳴れば、「ママばっかずるい」と反抗する。大は小を兼ねるんだよ、と幼稚園で教わったのか友達から聞いたのか、はたまたテレビか本か情報源は不明だが、ぶかぶかのサンダルをスリッパのように履き、胸を張って嘯《うそぶ》く。六歳の誕生日を迎えてから、目に見えて快活になった。人見知りは相変わらずだけれど、家族や親しい人の前ではおしゃべりで陽気だ。ときどき調子に乗りすぎるくらい。ついこの前まで抱っこ抱っことせがんでは、どこに行くにも自分にひっついて離れなかったのが嘘みたいに思える。最近、覚えたての新しい言葉を面白がって使う。ことわざを特に好む。知識は息子の屁理屈に拍車をかける。

「そういう時に使う言葉じゃない！」

「じゃあどういうときに使うの？」

わたしは答えない。わたしが答えないから息子の言葉は宙に浮いたまま回収されない。顔をあげると紗希が笑っていた。

「ごめん待たせちゃって」

「ゆっくりでいいよ。みんな酔っぱらってるから」

飲み放題で、わたしだけソフトドリンクのコースを選んだ。飲まない日が続くと、そんなに飲みたいとも思わなくなる。コーン茶を何杯もおかわりした。おそらく人生で初めて飲んだ気がするそれを、これまでは何となく遠ざけてきたが、しばらくハマるかもしれない。甘くて香ばしいのに、食事の風味を損ねない。

店先に干しておいた折り畳み傘を手に取り、乾いているのを確認してから畳む。通りはまだ少し雨で濡れており、水たまりに誰かの傘の先端が触れて小さな音が湧く。

「わ、つめたっ」

「どした？」

「上から降ってきた。おっきい雨粒」

弾かれたように身体を仰け反らせた紗希は、渋い表情で屋根に向かって人差し指を突き立てた。ここに翔がいたら、喜んで雨粒を受け止めるだろうと思いながら、わたしは紗希に持っていたハンカチを差し出す。翔は雨が好きだ。雨が降ると、晴れている日よりも外に出かけたがる。建物の下でわざと顔をあげて、雨粒が落ちてくるまで待機する。空に向かって大きく口を開けては雨粒を飲もうとする。汚いからやめなさい、と叱ると、綺麗だよと彼は言う。空から落ちてくるものはみんな綺麗だよ、と。すきっ歯から赤い歯茎をのぞかせて笑っている。

「んじゃまた」

「またねえ」

「気をつけて」

「つぎはー」

「まだ決まってない」

「また連絡しますっ」

雨の上がった人通りの少ない道に、わたしたちの声が響く。翔がよく、仲良しの萌《もえ》ちゃんにそうするみたいに、頭の上で両手を大きく振った。大人になってから月に一回会う友達って相当仲いい証拠だよ、と誰かが言っていた言葉をふと反芻《はんすう》する。同じ方面のもの同士で自然と別れ、わたしと紗希は一緒の方角を向いて歩き出す。暗澹《あんたん》とした空に、雲に覆われて霞んだように見える半月が滲む。手を伸ばせば届きそうなほど近い。何かに似ていると思う。あの形や色は、何かに似ている。紗希は少しゆったりとした歩みで、わたしも彼女に合わせる形で歩調を緩めた。

「はーーー楽しかった」

「ねー。久しぶりにみんなで集まれてよかったぁ」

「どう？　こっち戻ってきて」

「もちろん、良かったよ。こうやってみんなとも会いたいときに会えるしね。離婚して良かった」

「翔くんは？　四月から小学生だよね？」

紗希はわたしの自虐を拾わず、会話を押し進める。さっきまで近くにあったはずの月が遠い。わたしは不意にそれが何に似ているのか思い当たる。翔のレゴだ。尚也がクリスマスにプレゼントしたレゴのブロックボックスで翔が作った黄色いショベルカー。先端のバケットの部分が、輪郭のぼやけた月に似ている。いや、似ているだろうか。よく見ると全然似ていないのかもしれない。バケットは実際にはもっと鋭角なカーブを描いていただろうし、ショベルカーの黄色は、もっとずっと鮮やかだった。

「そう。あっという間だぁ。ほんとは翔が小さいうちに離婚するの抵抗あったんだけど……親の都合でね。結局こっちに戻ってくることになったから幼稚園も最後まで行かせてあげられなかったし……。でも自分が我慢できなかったんだよね。耐えられなかったっていうか」

「仕方ないよ。我慢しながら続ける方が子供にも良くないと思うよ、私は」

「ありがと」

「何のお礼」

「わかんないけど。生き方を肯定してくれて」

　紗希が前のめりになって笑う。笑顔が、就活のＣＭに出ている女優に似ていると見るたび思うのだけれど、いつも言えない。喉元まで出かかっているのに言えない。古い付き合いなのに言えない。でも本当に似ていると見るたび思う。女テニのメンバーは基本全員で集まることが多く、個人同士の付き合いはほとんどないが、紗希とはふたりきりでもよく遊びに行った。わたしが結婚してからも数回ほど、尚也を交えて食事をしたり、わたしと尚也が好きなアーティストのライブのチケットを紗希が取ってくれた時には、義母に翔を預けて三人で観に行った。紗希はわたしとは対照的なおっとりとした性格で、学生時代こそ苛立つ場面も少なくなかったが、卒業してかららは悠々とした物腰の柔らかさに救われるように感じた。紗希が変わったというより、わたしが他人と足並みを揃えることをいとわなくなったのかもしれない。

「もうさ、一回マイナスな方向に考え出すと、引きずられるんだよね。キリがないっていうか」

「わかる。わかるよ。私もそうだもん。でもさ、寝ると忘れる」

「ああ、わかる。そうかも」

「けっこう単純なのかも」

「気持ちが沈んだら早く寝よ」

「そだね。寝るのが一番」

強い味方を得たように思えて、わたしはもう一歩踏み込んで胸の内を吐露する。

「でもさあ、ほんとに、不安要素はめちゃくちゃある。あ、翔のことね。これくらいの時期って、結構差が生まれるでしょ。できる子とできない子みたいな。翔、幼稚園通ってた頃、あんまり周りについていけなかったみたいで。おやつの時間あったんだけど、食べ終わるのいちばん遅かったって。残ってるからいつもおかわりもらえないって嘆いてた」

「そうなんだ。でも私も食べ終わるの遅かったなあ。しーちゃん、小一の時クラス同じだったじゃん。覚えてない？」

「ぜんっぜん覚えてない。逆に覚えてるの？　すごいね」

「しーちゃんは食べ終わるの早い方だったからじゃない？　なんならおかわりまでしてた。男子に混ざってジャンケンしてたの、うらやましいなーって思いながら横目で見てたもん」

「そうなの？　全然知らなかった」

「できない子はできなかったことを覚えてるから。簡単じゃないから、達成するまでに時間がかかるから、その分記憶に残るんだよ」

「紗希が言うと説得力ある」

「ああ、でも食べるの遅いのは今でも変わらないから、改善されてないね。できないままだ」

角を曲がったところでコンビニに差し掛かると、支払いがあるという紗希とともに入店する。わたしはプリンを三つ手に取り、ちょっと迷ってからひとつを戻し、代わりに棒アイスを購入する。

「なに買ったの？」

店を出たところで袋を広げ、中身を見せる。

「アイスとプリン。アイスはわたしの」

「プリンは？」

「翔に。あと母親にも。父親は甘いの苦手だから買ってないけど」

やさしー、と歌うように紗希は言い、溶けちゃうよ食べれば、とアイスをすすめてくる。わたしは包装を破り、持つ面積の少ない棒をつまみながら白い先端に歯を立てる。懐かしいミルクの味。濃厚なのに、後味はくどくない。翔に与えていた、わたしも幼い頃よく飲んでいた粉ミルクの味を彷彿とさせる。しかし粉ミルクの味など覚えていないから、単なるイメージなのかもしれない。卒乳の時は大変だった。服をめくってはおっぱいをせがむ息子相手に自然卒乳はできない。

結果的に両胸にアンパンマンの絵を描いたのが奏功したが、母親が同じ方法で卒乳したと聞いていたので、わたしとしてはできれば回避したかった。あまのじゃくかもしれないが、それがたとえ世間一般に流布されているやり方であったとしても、同じ育児を実践するのには抵抗がある。

「やさしくないよ。贖罪《しょくざい》だから。遅くまで翔の面倒見てもらってるお詫び」

食べる？　と言いながら紗希の方にアイスを傾ける。紗希は唇を突き出して遠慮がちに角を少しだけ齧った。

「なるほどね。実家にいてもそういうのってやっぱ気ぃつかうんだ」

「つかうつかう。特にうちはね。シングルになったからって甘えるなーって言われる」

「きびしー」

「きびしーのよ。家も社会も」

「なにそれ。うける」

「わたしもいつまでも厄介になるのも気が引けるから、落ち着いたら出ていこうとは思ってるんだけど、なかなかねえ……いまは食費も生活費もなんなら家事も、ぜんぶ親に頼り切ってるからさあ。まずは仕事だよ仕事。早く見つけないと」

「あ、その件、いちおう聞いてみたよ、私も職場に」

「ほんと？　どうだった？」

「なんかいまは特に求人だしてないみたい。でも一応同僚にも条件いいとこないか聞いておくよ」

「助かるわー。マジありがと」

横断歩道に差し掛かり、紗希が信号機のボタンを押す。人通りの少ない横断歩道は、一人であれば車が来ないことが分かるとすぐに渡るが、今日は紗希が隣にいるので信号が変わるのを辛抱強く待った。青になり、わたしは大股で白線を踏みしめる。横断歩道で白線以外を踏むとワニに食べられるという翔の遊びに付き合ううち、気づけば白線を踏むルールが構築され、そのルールから逸脱し黒い面積に足を乗せること自体が不道徳である気がして、一人でいる時も自然と白線だけを踏むようになってしまった。信号無視はするくせに、わたしの道徳観はひどくゆがんでいる。あるいは単なる恐怖心からかもしれない。車にひかれるより、妄想の中で膨らんだワニがわたしを食うことの方がなぜだかずっと確率が高いように思えてしまう。

「なにー？　なんか歩き方へん」

「白線渡り。翔の影響」

「それうちらも小学生の時やってたよね。いまの子もやるんだ」

「やってたっけ？　わたし全然覚えてないんだけど」

「しーちゃんは大人びてたからなあ。そんな子供っぽい遊びには付き合いませんって顔してた。子供なのに」

「わたしそんなだった？　それめちゃくちゃ感じのわるいやつじゃん」

「いや、そういうわけじゃないんだよ。なんかね、周りより成長が早い感じ。速度？　吸収？　馬鹿にしてるんじゃなくてね。飽きてるような。もうこれ前世でやったよ、みたいな。私が早生まれだっていうのもあるかもしれないけど、すごく大人びてる風に見えた」

右手の指の合間に冷たい感触をおぼえ、見ると溶け始めたアイスが柄の方にまで垂れてきていた。左手に持ち替え、持ち替えている最中に商店街の前に差し掛かり、紗希と手を振って別れた。

夜の商店街はひっそりと静まり返り、店のシャッターは例外なく閉まっている。わたしがいない数年のあいだに居着いたと思われる野良猫が店の前で遅くに帰宅したわたしを非難するように黄色い目を光らせる。シャーッというような声を漏らし、前脚で顔をかく。数日前、店番をしていたときに買い物から帰宅した母親が一人で何かぶつぶつつぶやいていたので、独り言かとそちらを見れば、猫に向かって話しかけていた。

「餌付けすると面倒だよ」

丸まった背中に向かって吐いたが、母親からの応答がなかったので、今のは少し冷淡すぎたかもしれないとかける言葉を探していると、「ろくなこと言わないねえ。餌なんかあげてないもんねえ」と母と猫の会話が再開した。スターちゃん。背中のブチが星形に見えることから、母親がそう呼んでいる。わたしには星形には見えない。歪《いびつ》な楕円に見える。数日前に母があげた缶詰の縁で頬のあたりを切ったので、その時の傷跡が残っているだろうと目を凝らしたが、暗闇の中なのでわかるはずもなかった。

自宅兼店舗である金物屋は、祖父の代から続く老舗《しにせ》で、幼い頃のわたしは実家のことを人に話すのにいつも気後れがあった。商店街全体に漂う衰退した空気も、店の持つ古色蒼然とした雰囲気も嫌だった。小学校四年生のとき、クラスの男子から「おまえんちって何で潰れないの？」と無神経な問いかけをされたことは今でもはっきりと覚えている。当時は、わたし自身もなぜ潰れないのだろうと不思議に思っていた。お客さんはほとんど訪れない。たまに常連さんや、物珍しさから店内に足を踏み入れる地元の人が来るばかりだ。何かの金具、ネジ、器具、電動工具、作業工具――。雑多ながらくたたちが寄せ集まったような空間を、子供ながらに訝し気に眺めながら、小遣い稼ぎの為に母に代わって店番をすることもあった。今にして思えば、店舗営業による売り上げなど微々たるもので、父親が提携先の学校や会社に資材や備品などの配達を行い、家の生計は立てられていたのだ。

店の脇の錆びついた階段をあがりながら、バッグの中にアイスでべたついていない方の手を差し入れる。手元が暗く、中身は見えない。一刻も早く手を洗いたいのに、自宅の鍵が見当たらなかった。いつも使っているバッグにはウェットティッシュが入っているのだが今日はバッグが違う。傾けたアイスの先から足もとに向かってぽたぽたと滴が垂れた。

わたしは足もとにバッグを置いて自宅の前でしゃがみこんだ。アイスを舐めつつスマホに文字を打ち込む。

――かぎわすれた。わるいけどあけて

どうせ寝ているだろうなというあきらめ半分で飛ばした。インターフォンを鳴らした方が早いのはわかっているが、前に深夜に帰宅して鳴らしたとき寝間着姿の母親に激高されたことを思い出して躊躇する。やはり同居は疲れる。ひとりであればこんなことで思い悩んだりはしないが、同時にひとりであれば鍵を忘れることもない。もっといえば翔を残して外出することなどありえない。

体感では五分ほど待ったつもりだったが、実際には一分も待っていなかったかもしれない。返信はおろか既読すらつかないメッセージに痺れをきらしてインターフォンを鳴らす。最初は一回、少し置いてもう一回。応答はない。ため息をつき、所在無げに立ち尽くしていると、やがて玄関に明かりがつき、開扉の物音とともに母親が顔を出した。

「……ごめん」

怒られるより先に謝った。母親は渋面を崩さぬまま黙って背を向け部屋の中に戻っていく。

「入れたと思ったのよバッグに」

サンダルを脱いで母親の後を追いかけながら、痩せた、どこかたよりない背中に向かって弁解する。

「寝てたわけじゃないでしょう？　まだ十時だし」

「翔は？　もう寝た？　ありがとう寝かせてくれて」

「ねえ、プリン買ってきたの。食べる？」

返事がないので矢継ぎ早に質問を重ねた。レジ袋の中でプリンがひっくり返っている。リビングの椅子に腰掛けて手持無沙汰に食卓を眺める母親と距離をはかりながら、わたしは「おかあさん」と声を荒らげた。

「なんでこたえないのなにがふまんなの」

「大きな声ださないで。せっかく寝たのに起きちゃうでしょ」

母親がようやく声をあげる。眉を寄せ、寝室を顎でしゃくった。

「寝てたのにあんたがうるさいからわざわざ起きてきたの。一回目が覚めたらなかなか寝付けないこと、知ってるでしょ？　鍵くらい持って出なさいよ、いい大人なんだから。仮にも母親でしょう。翔が全然寝てくれないから困ったわ。もうくたくた。プリンはいらない。あんたと翔で食べなさい」

母親はすべての質問に抜かりなく答え、立ち上がったので部屋に行くのかと思いきや、食べ終えたアイスの棒を舐めるわたしを咎めた。

「ねえそんなもの立ったままそこで食べないで。もし床にでも垂れたらどうするの。虫くるでしょう。だいたい翔が真似したらどうするの」

「もう食べ終えてるけど。翔は寝てるじゃない」

わたしは息巻き、しかし言い合いをする気力もなく、大股で流しに向かう。べたついた棒を水で軽くゆすいでから、二段式のゴミ箱の下段を、取っ手に足のつま先を引っかけて開け、棒を捨てた。両手を洗うわたしの背中に、母親はなおもたたみかけてくる。

「ねえそれも。足であけない。普段のことを言ってるの。いまやってることが、翔の前でも出るんだから」

「翔の前ではやりません。そんなことわたしだってわかってる」

買ってきたプリンを、袋ごと冷蔵庫に乱暴に突っ込む。缶ビールを取り出し、プルタブを開けて呷る。

「それお父さんの」

「うるさい」

「明日買ってきなさいよ」

「ほんとにうるさい」

ため息とともに、襖の閉まる音がする。振り返ると、もうリビングに母親の姿はなかった。わたしはふたたび冷蔵庫を開き、皿に入ってラップで包まれた夕食の残り物を取り出し、味のしみた里芋を素手で摑んで口に入れた。残りを冷蔵庫に戻し、翔が布団を敷いて眠っている寝室の襖をそっと開け、寝顔を確認する。布団に、左から、イーブイ、ミュウツー、翔と収まっていて、翔の顎の下から顔を出しているのは、翔がお気に入りの戦隊ヒーロー、騎士竜戦隊リュウソウジャーのリュウソウブルーだ。リュウソウジャーは変身が可能で、現在は変身用ボタンを押したのだろう、「ナイトモード」に形を変えている。普段はソウルモードでパワーをチャージし、ナイトモードとして開放することで真価を発揮する——というのが公式ページの情報だった。決め台詞《ぜりふ》は、「叡智の騎士！　リュウソウブルー！」。叡智には知恵や知性という意味があることから、リュウソウブルーにあこがれる翔の理想とする「かっこいい」男性像はいつからか「かしこい」男となった。

「おれってかしこいんだよ！」

顔見知りに会うたび、わたしの背後に隠れて様子を窺いながら、かっこいいの要領でかしこいを多用する息子にわたしはたびたび赤面した。

「かしこくないかしこくない。もう恥ずかしいからやめて」

動揺し、翔の頭を小突くわたしの横で、行きつけの八百屋のおじさんが苦笑しながら「『能ある鷹は爪を隠す』だよ」と諭す。新しい言葉は、息子の知的興味に拍車をかける。

「それってどういう意味？」

翔の背の高さに合わせて腰を屈めながら優しく解説を施す八百屋のおじさんのような寛容さを、わたしは持ち合わせていない。臆することなく説明できるほどの自信も、それを裏付ける知識もない。言葉の用法がただしいのか、確信ももてない。あるいはまた、使い慣れた、日常的に使う言葉ですら、改めて意味を問われると煩わしく感じてしまう。いいから早くご飯食べなさい。いいから早く片付けなさい。そんなことよりママに言うことあるでしょう。わたしはいつも息子の発言をないがしろにする。投げやりにし、後回しにする。単純に億劫な場合もあるし、何より、自分の言葉に自信が持てない、不確実なことはできるだけ言いたくない、よってわたしは回答に逃げ腰になる。

「わからない言葉が出てきたら、これで引くんだよ」

わたしは実家の自室にあった学生時代に使っていた分厚い辞書を、丁寧に埃をはらってから彼に手渡す。

「これ、ママがつかってたやつ？」

「ママのだけど、ママはほとんど使ってない。だから綺麗でしょ？」

「なんで使わなかったの？」

「ママ、辞書なんか引かないもん。勉強嫌いだったから。でもお母さん……ばぁばがね、買ってくれたから」

「ブタに真珠じゃん」

「生意気言うならあげないから」

子供の集中力など信用ならない。膝の上に辞書をのせ、最初は興味本位で細かい文字の羅列を眺めていた翔は、やがて手元のリュウソウブルーをいじりはじめ、好きなアニメの放送時間になるとテレビの前に鎮座した。辞書は最後に開いたページのまま、めくられることなくフローリングの上に置き去りにされている。

翔は辞書をほとんど開かなくなってからも、持ち歩くことをやめなかった。自分の一部みたいに肌身離さず、近所の公園に遊びに行くときやスーパーに買い物に出かけるだけでも持っていきたいと駄々をこねる。

「持って行きたくても入らないでしょ？」

翔が愛用しているクマのぬいぐるみ型のボディバッグは、ほとんどものが入らない。背中のチャックを開くと白い布地の間に水筒がひとつ、あるいはお気に入りのぬいぐるみが一体、最近ではリュウソウブルーが入ればそれだけでいっぱいになってしまうほどの容量だ。

「荷物になっちゃうよ？　重たいよ？　疲れるよ？」

翔はそれでも持って行くと言ってきかない。鞄《かばん》に入らないのなら手で持っていくと頑《かたく》なに離さなかった。ここまでくるともはや意固地だ。呆れて、勝手にしなさいと怒鳴る。翔は本当に辞書を抱えて家を出る。小さな身体で大きな辞書を抱えた子供が歩いていれば人目につく。「すごいねえ難しそうな本読んで」「何読んでるの？　おばちゃんに見せて」何かのタイミングでそんな風に話しかけられるたび、翔は照れくさそうに身をよじりながらもどこか得意げに辞書を開き、自分の知っている言葉の解説をはじめる。褒められるとすぐに調子に乗り、翔にとって「かっこいい」と同義語である「かしこい」が頻発されると、ひとりで悦に入った。しかし周囲に人がいない時に辞書を開くことはなく、翔にとってそれはもはやただのお飾りに過ぎない。「かしこい」と威張れるアイテム。読みもしない辞書を抱え、やがて疲れると「もう持てない」とぼやき、わたしに押し付けてくる。

「だから言ったでしょう荷物になるって。ママあれほど翔に言ったよね。重いよって。疲れるよって」

案の定の結果に呆れつつ、まだ物事の道理もわからない子供の小さな失敗を咎《とが》めるのも大人げないと思いなおし、容量の大きいマザーズバッグの持ち手を片方、肩から外した。

「ほらっ」

分厚い辞書で膨れたバッグを右肩にかけ、左手で翔と手をつなぐ。

頑固なところは誰に似たのだろう。数日前、夕食のときに、母親に愚痴のつもりで首を傾げながらそうこぼすと、彼女はそれを嫌味だと解釈したらしく、「あんたに言われたくない」と急に攻撃的な口調でとげとげしく牙をむいた。

「え、なに？　何なの？　何で喧嘩腰なわけ？」

「あんたから振ってきたんでしょうが」

「はあ？　勘違いにもほどがあるわ。誰がお母さんが頑固って言った？」

「いまのはそうとれるでしょう」

「とれないよ。どう解釈したってとれないわ。被害妄想が過ぎるんだけど」

「もういいわ。あんたとなんか話したくない」

母親は食べ終えた食器を乱暴に重ね、席から立ちあがる。

「なんなのよ……。ほんと感じわるい」

配達から帰宅した父親が、リビングに漂う険悪な空気を察し、そそくさと翔のもとにいって耳元で話しかける。翔はテレビの前で画面を見ながらゲームに夢中だ。帰宅してから、また思いつきでめくったかと思えばすぐに飽きた辞書は、開いたままフローリングの上に置き去りにされている。

「ママたち、またなんかあったの?」

父親は昔から内緒話ができない。自分ではできているつもりでも、声のトーンは下がっていないので筒抜けだ。

「……いつものやつ。さわらぬ神にたたりなし、だよ。じぃじ」

コントローラーから手を離さずに翔は告げる。わたしは怒りを表明するためにわざと大きな音を立てて茶碗の上に箸を置く。

「翔! 今日のゲーム時間、とっくにオーバーしてるよ!」

「あとちょっと……」

翔のそばまで勢いよく飛んで行って、コンセントから電源プラグを引っこ抜いた。機関銃のような泣き声がリビングに響きわたる。

「約束でしょ。時間守れないなら電源抜くってママ言ったよね」

床の上で身体をねじらせ、泣きわめく息子に理路整然と諭す。

「そんなに頭ごなしに怒らなくたっていいじゃない。叱るんじゃなくって説明すればわかるんだから翔だって」

「お母さんは黙ってて！　わたしの教育に口出ししないで」

「ああそう、そうですか。わかりました。だったら私の目の届かないところでやんなさいよ。目の前にいたら口出しもしたくなるでしょうが」

泣き続ける翔を放置して席に戻る。冷蔵庫の前で手にした缶ビールのプルタブを開けることもできずに立ち尽くしていた父親がわたしと入れ替わるように翔の元へ行きなだめはじめた。


わたしは翔が胸に抱いているリュウソウブルーを抜き取ろうとしたが、それは意外にも強固な力で抱きすくめられていて、あまりに動かすと翔が起きてしまいそうだった。仕方なく掛け布団からはみ出ていた翔の手を布団の中にしまう。

「もう食べられないよぉ」

部屋を出ようとするわたしを翔の声が呼び止める。せわしなく動く半開きの口の中で小さな唾液の泡が弾ける。夢の中で彼が咀嚼している食べ物について想像したが、卵ふりかけのかかった白いご飯と、ひと袋八本入りの細長いスナックパンしか浮かんではこなかった。翔が食べたことのある物は、わたしも食べたことがある。彼が初めて触れるものは、わたしはとうに知っている。そう思いながら、一緒に嚙み砕く。口の中で、どろどろの流動食のようになった白米とチョコレート味のスナックパンが一緒くたに混ざりあう。ごっくんしようね。もぐもぐごっくん。翔は昔、わたしの口の動きを見ながら自分も口を動かしていた。わたしと同じことばかりやろうとし、先にわたしがしなければ決してしようとしなかった。

翔の眠る和室を後にし、ビールの残りを飲みながら、シャワーを浴びる支度を整える。

スマホを見ると、テニス部のグループラインに通知がきていた。解散した後すぐに奈津美によって作成されたアルバムに、今夜の思い出が詰まっている。

「ねえブレてるんだけど」

「あずが撮るといつもブレるのなんでｗｗ」

「いやあのさ、六人中四人が目ぇつぶってるってどういう状況」

「ほんとだ　笑」

「写真のセンスよ」

「みんなが動くせい」

「人のせいわろた」

「女子力の低下」

「誰も盛る気なくてうけるな」

「いやうちらもともとないやろ」

「てかあした起きれなそう」

「急に話変わったな」

「仕事何時？」

「十時」

「けっこう遅いじゃんｗ」

「まあね」

会話は続いている。また出遅れたと思い、わたしは少し慌てて文字を打ち込み投下した。

「めっちゃ楽しかった」

すぐに既読が四件。が、返信はない。少しして紗希からペンギンが歌を歌っているスタンプで反応があり、それに呼応するようにあずさと祥子から立て続けにスタンプが送られてくる。

「ねえストーリーあげたら、早速しまじろに足跡つけられててうけた」

「まじ？」

「ほら」

ストーリーの閲覧履歴をスクショしたものが奈津美から送信される。わたしはストーリーを見るためラインのアプリをいったん閉じた。インスタの奈津美のプロフィールアイコンの縁がまわっていて、そこをタップする。長テーブルを囲うように座った六人が、奈津美が向けるスマホのカメラを覗き込んでそれぞれ笑顔を向けている。テーブルには、食べかけの豚平焼き、ホッケの開き、フライドポテト、サラダ、それからお通しの塩キャベツ。ハートマークを白抜きからピンクに変える。雑然と並ぶ料理を上から押しつぶすように「いつメン」のテキスト。まだ言ってるんだ、と苦笑し、苦笑してる間に消えたストーリーをもう一度再生する。いつものメンツ、略していつメン。学生の時に使っていた用語を、卒業してからも何の衒《てら》いもなく奈津美は使う。だけど普段テレビを観ないわたしが最後に見たお笑い芸人のネタで突っ込みを入れると、途端に「古ぅ」と野次が飛んでくる。「わたしたちの言葉」にだけは、古いも新しいもないらしい。

みんなのアカウントがメンションされている中から、自分のアカウントをタップする。投稿はゼロ件。プロフィール画像は登録時のままの、無味乾燥としたアカウント。アプリを閉じる。ホーム画面にポップアップで次々更新されていくメッセージを目で追う。

「しまじろ、しーちゃんの顔見て興奮してそ」

「つか、しまじろってウチの会社の課長に似てるんだがｗ」

「やめろｗｗ　普通にきしょい」

「いやどっちが。しまじろ？　それとも課長？」

「どっちも」

「いやウチの課長知らんだろがｗ」

「しーちゃんのこと好きだったもんな、しまじろ」

「何年前の話　笑」

「しーちゃんは見向きもしてなかったが」

「尚也と付き合ってたしな」

「しーちゃんは、もう恋愛とかしない感じ？」

「いや離婚したばっかじゃん」

「翔くん小さいし」

「えー、でも今ってシンママの二人に一人は彼氏いるらしいよ」

「どこ情報だよｗ」

何か返すべきか迷ったが、画面を消し、脱衣所に行って下から順に服を脱いだ。裸のまま鏡の前に立ち、習慣的に両手で肉割れ線を撫でつける。腹に地割れが生じ、組織が断裂して翔が生まれた。その翔は、もうすぐ小学生だった。あっという間だね、と先日風呂あがりにヤクルトを飲む翔を見ながら思わずこぼした。父親はリビングでテレビを観ながら足の爪を切っていて、母親は風呂に入っていた。わたしはテレビの音ではなく、シャワーの音に耳を澄ましていた。あっという間だね。翔は穴をのぞいていた。ヤクルトの蓋に開けた、小さな穴。片目をつぶって、ウインクでもするみたいに。ねえママ、ウインクってどうやるの？　翔に尋ねられた時、うまく答えられなくてテレビを観ながら何気なく練習したが、やはりできなかった。ウインクなんてできなくても大丈夫だから。ウインクできたって何の役にもたたないもん。翔の、一重にも二重にも三重にも、あるいは四重にも五重にも見える瞼の上の細かな線を落ち着きなく行われる瞬きの隙に数えながら言った。この瞼の種類がどれに分類されるかもわからない。この子がこれから数えきれないほどの瞬きを繰り返し、脂肪の増減と筋肉の発達によってどこかの線に固定化されるのかもしれない。

でもおれはできるようになりたいの。だってさ、できた方がずっと楽しいじゃん。

翔は小指の腹で擦るようにして開けた、翔の目よりもずっと小さい輪郭のいびつな穴をのぞきながら稚拙な自論を述べる。ヤクルトの容器を傾けて、もう出てくるはずもない底に目を凝らす。やがて何か兆しが見えたのか、容器の下で口を大きく開け、雫の落下を待ちわびた。雨の日に外に出て、頭上から降り注ぐ雨粒を受け止めるみたいに、真摯にその時を待つ。ベランダには、いつか翔の作った薄汚れたてるてる坊主が逆さまになってぶら下がっている。雨が降ると頭痛と倦怠感でいっぱいになるわたしは、そのてるてる坊主を見るたびに憂鬱になる。

「ねえ、やめなさい」

行儀悪いよ。舌で蓋をなぞりはじめた翔をわたしは注意する。椅子の上に横たえていた自分の左足も慌てて床に降ろしながら。翔は舌を引っ込める代わりにへたくそなウインクをわたしに向けて笑う。父親の爪を切る音も同時に背後で止み、振り返って爪切りを握ったまま固まっている父を見て、「お父さんじゃないよ」と伝えた。一時停止ボタンを押された機械のように、父はわたしの一言でまた稼働し始める。翔は懲りずに容器をかかげ、雫の落下を待っていた。息子の行動をじれったく感じながら、冷蔵庫の扉を開け、新しいヤクルトを一本取り出す。子供の頃は、翔のように、わたしももう少し辛抱強かったかもしれない。辛抱強く、何かに期待し、何かに期待されながら、来るか来ないかもわからないものを、無邪気に待ち続けていたかもしれない。

浴室に入ると、翔がそのままにした恐竜のおもちゃが浴槽を漂っていた。専用のひしゃくで恐竜のマスコットをすくって遊ぶ恐竜すくいという玩具入りの入浴剤で、中身はランダムだ。何度か父が翔にねだられて購入しているが、いまだに同じ種類のものが被ったことはない。わたしは赤いティラノサウルスと黄色いトリケラトプスを手ですくって湯の中から排除し、追い焚きを始めた。

最初に受付で顔を合わせ、初回なのでお願いしますと渡されたアンケート用紙を三分ほどで書き終えて提出し、待合室のソファで待つこと三十分が経過していた。ようやく現れた美容師の女性は悪びれる様子もなく、わたしを店内のいちばん奥の座席へと案内する。いくらなんでも待たせすぎではないかという文句が喉元まで出かかったが、相手はあずさの知り合いの美容師なのだからと堪えて鏡の前に腰を下ろす。地元に戻ってきてからはじめての美容室だった。学生時代に通っていた美容室に行っても良かったのだが、担当の美容師とは気心が知れていた分、期間が空いてしまうと何となく行きにくくなってしまう。心機一転の意味も込めて新しい美容室に変えた。

「今日はどうしましょ」

「ああ……えっと」と、口ごもり、わたしはめずらしくヘアバンドで固定せずに下ろしてきた、ロングヘアを指で撫でつける。

美容サロンサイトを経由して予約を入れたのがちょうど一週間前だった。選択画面でカット＋

デジタルパーマを選択したはいいものの、特になりたい髪型があるわけでもなく、何も決めずに今日を迎えた。

「とりあえず、全体的に梳《す》いてもらって……そうだな……パーマもかけてもらって」

おそらくは同い年くらいだろうと思われるオン眉茶髪の美容師は、ふんふんと首を軽く揺らしながらわたしの髪を撫で、髪質や状態を確認する。地元の美容室で切るのが数年ぶりなのでどこに行けばいいかわからず、あずさに相談したところ、ここの美容室をすすめられた。

「あたしはいつも山岡《やまおか》さんっていう女性の人に切ってもらってる。あんまり他行ったことないからよくわかんないけど、上手いんじゃないかな」

予約時、指名料として五百円かかったが、初めてで勝手がわからないので、あずさの担当と同じ人を指名した。

「長さはどうしますか？　どれくらい切ります？」

「肩につくくらいでお願いしたいです」

「結構ばっさりいっちゃう感じですね」

「ええ……じつは根元の色もちょっと気になっていて……あの、今日できればリタッチとかもお願いできたらなって」

「ごめんなさい。うちリタッチやってないんです。あと、パーマとカラー一緒にやると、ものすごく髪が傷みますよぉ」

「そうなんですか？」

「そうなんですそうなんです」

「わたし、前にやってもらったことあるんですけど」

「ああ、それはちゃんとした美容師じゃないと思います。ちゃんとした美容師はそんなことしないんで」

早口で一蹴し、彼女の肩越しに指示を求める若いアシスタントの男性に椅子を回転させて小声で耳打ちすると、また椅子を回転させてわたしに向き直る。

「すみません……えっとぉ、そう、傷むって話ですね。傷むのでカラーは今度にしましょうか。見た感じプリンとか、そんなに気になりませんし。パーマはどんな感じがいいとかありますか？」

わたしの膝の高さにある簡易的な台の上に乱雑に雑誌が積み重ねられ、その中から彼女は一冊見繕ってページをめくる。ページの端々に膨大に貼られた付箋のようにいつか切り落とされた誰かの髪の毛が覗いている。

「あ……これとか……」

「ふんふん。こ、れ、だ、と、ちょっといいですか。えっとぉ、だいたいこの辺……耳下くらいからかける感じかなぁ。これより上だと、すごいかけてる感出ちゃうと思うので」

「そうなんですね。じゃあそれでお願いしようかな。わたし、パーマ久しぶりにかけるんですけど、かなりかかりにくくって」

「お客さん、すごい直毛ですもんねぇ。それじゃ、結構強めにかけていきましょか」

雑誌を閉じ、頭の中でイメージを膨らませるように、わたしの髪を両手でつまんだり持ち上げたりしながら、彼女は鏡を覗き込む。慌ただしく首に巻き付けられたカットケープを「苦しくないですか?」と聞かれる前にケープと首の間に指を差し入れて緩めた。

美容師が道具を取りに側を離れると、わたしは鏡越しに背後の時計を確認する。父が翔に入学祝いのランドセルを買ってくれるというので、今朝はふたりで連れ立って駅前のショッピングセンターへ出かけて行った。ふたりの買い物が終わったら、駅前で落ち合い、わたしが翔を引き取って、ふたりで布団カバーを見に行く約束をしている。

「欲しいものがあったら、今日買ってもらいなさいよ」

出がけに、今日は少し肌寒いからと言ってメッシュ生地のウィンドブレーカーを着せながら、わたしは翔に言い聞かせた。普段朝は二百㎖の無調整豆乳しか飲まないのに、翔が残した卵焼きとウインナー、それにふりかけをかけた白いご飯を無理やり口に押し込んだせいか、胃袋に圧迫感があり、話すのも少し苦しい。

「わかりましたぁ!」

ふざけたように戦隊もののポーズを決める翔の小さな肩を抱き、自分の方に引き寄せる。返事ばかり威勢が良い時は、大抵いい加減にしか耳を傾けていない時だ。

「おもちゃはいいんだよ。たくさん持ってるんだから。おんなじようなの買ったって、すぐガラクタになっちゃうんだし。それよりもね、ほんとに必要なものを買ってもらうの」

「車は？」

翔がTシャツの下部についた大きなポケットからミニカーを取り出し、Tシャツ越しに自分の身体の上を走らせる。真っ白なTシャツに描かれたレールのイラストが、そのままポケットの中へとつながっている遊び心のあるデザインになっていて、ポケットに入れっぱなしだったミニカーを洗濯機で一緒に洗ってしまった時はずいぶん肝を冷やした。

「いらない！　だいたいママは車嫌い。それが原因で洗濯機壊れそうになったし、翔がリビングに広げたレールの上でつまずいて足痛めたんだから」

「でもおれ、もうレールは使ってないよ」

「なら、車はいらないでしょう」

「でも、おれは車走らせたいの。おれの線路はつながってるからさあ」

Tシャツのレールを滑ってわたしの二の腕に車線変更した翔の車は、そのまま肩に向かって走行を続ける。小さなタイヤがわたしの敏感な肌を駆ける。

「やーめてって。そういうことされるとママの肌すぐ赤くなっちゃうんだよ。敏感なんだから」

「びんかんって何？」

説明が面倒で黙っていると、「センチメンタルってこと？」とまたも尋ねてくるので「そんな言葉知ってるの？　だけどちょっと違うね」と返す。

「でもママはセンチメンタルだよ？」

付け加えてはにかむわたしに、翔が首に腕をまわして抱きついてくる。離そうとすると無骨な手つきで頭を撫でてくるので、「何、やさしくしてくれんの？」と抱き返すと、わたしの首筋に顔をうずめたまま「カビゴンのでっかいぬいぐるみ」と口内に溜まった唾を吸い込みながらぼそりとつぶやく。

「そういうのは！　いらないから」

「なんで？　あれトトロみたいででっかくてかわいいよ。買ったら最初の日だけママが一緒に寝ていいから。あとは、日によるけど、おれにしんせーしてくれればたまに貸してあげる」

「だめ！　絶対！　これ以上おおきなぬいぐるみ増やしたら置き場所なくておばあちゃんに怒られちゃう。筆記用具とか実用的なものにしなさい。翔はどうもばぁばとかじぃじに遠慮しておねだりしないんだもん。まあ、ばぁばは買ってくれないだろうからおねだりしたってだめね。じぃじはいいの。じぃじは翔のことかわいくて仕方ないんだから。これが欲しいってちゃんと言うんだよ？　わかった？」

「ママがじぃじに言えばいいじゃん」

「それじゃあだめなの。翔から言うから意味があるの。ママじゃあ意味ないの」

「なんで」

「なんでも」

「おれ、剣ほしい」

わたしはおおげさなほど大きなため息をつく。

「剣は持ってるでしょ」

「持ってないよ」

「作ってあげたじゃない翔が欲しいって言うから。ラップの芯で。あれで十分」

「あれとられたもん」

「とられた？　誰に？」

「萌ちゃん」

「はあ？　萌ちゃんそんなことしないでしょうが」

「するよ。萌ちゃんが、髪の毛くるくるにしたいからおれの剣をさー、貸してって言ってきて」

「髪の毛？」

「そう、萌ちゃんママが使ってるやつらしくて、おれは髪の毛みじかいからできないんだけどさー、こんな感じで髪の毛を巻きつけんの」

先日、父親の行きつけの千円カットで切ってもらったばかりの短髪を引っ張りながら翔はわたしに伝わるようジェスチャーで示した。

「ヘアアイロンのこと？」

「おれ、名前は知らない。でも、熱いって言ってた萌ちゃんが。それでくるくるになる」

「ヘアアイロンだね。それは」

「ママも持ってる？」

「なんで今は持ってない。前は持ってたけど」

「使わなくなったから」

「なんで使わなくなったの？」

疑問の尽きない息子をあしらい、今度はリビングで遅い朝食をとっていた父親のもとに行き忠告をする。

「お父さん、翔にねだられても余計なもの買わないでよ。おもちゃとかいらないから。ゲーセンとか、ガチャガチャがあるとこ行くと翔の思うツボだからね。小学校行くんだからどうせ買うなら文房具とか買ってあげて。それと、チョコとか買うなら一個ね。あの子、買ったら買ったぶんだけ食べちゃうから」

「そんなにあれやこれや言うなら、あんたも一緒に行ったらいいじゃない」

言われたことに対してただひたすら頷くばかりの寡黙な父の横から母親が口をはさむ。

「わたしは行けないの。美容室なんだから」

「ほかの日にすればいいでしょう」

「うるさいなあ。予約キャンセルするの、めんどいの」

母親に背を向け、スマホを友人たちと出かける時に使うショルダーバッグにねじこむ。財布は入れた。ティッシュもハンカチも入れた。ジェル状のアルコール消毒液、替えのマスク、折り畳み傘、後から思い出したものを詰め込んでいると、あっという間に小さなバッグは満杯になり、ファスナーが閉まらなくなる。仕方なくナイロン素材の軽量トートバッグに詰め替え、翔が途中で「喉渇いた」と言い出すことも予測して、冷蔵庫で冷やしておいた六百㎖の麦茶も用意する。市販の麦茶の中で翔はこれが一番お気に入りだ。ペットボトルの表面が少し潰れていたので、よく見ると開封した形跡があった。またテーブルか椅子の上から落としたのだろう。翔はお茶やジュースの入ったペットボトルを転がしたり高いところから落として泡立てるのが好きだった。わたしや父が飲むビールの泡や、カフェラテのスチームミルクに憧れ、ソフトドリンクで再現しようと試みる。とにかく段差を見るとペットボトルを転がしたくなるようで、いつだったかやはり階段の上から落とした際、キャップの締めが甘くて中身がこぼれ、強く叱責したものの、その数日後には懲りもせず、萌ちゃんとふたり、静謐な美術館の館内で、階段からペットボトルを落下させた。この時、いつも穏やかな萌ちゃんママの憤怒の声を初めて耳にし、表面がぼこぼこに陥没したペットボトルを抱いて悄然《しょうぜん》とうなだれる翔を、わたしが慰めてやる始末だった。

「ねえ、ママぁ」

「なに」

わたしが翔専用の迷彩柄のペットボトルホルダーに麦茶のボトルを装着する横で、さっきまで準備万端でリビングを跳ね回っていた翔がすり寄ってきた。

「おれのリュウソウブルーが行方不明」

「なんで？　また迷子？」

「そう迷子。あいつ、すぐ勝手にいなくなるんだよなあ。自由行動はひかえてほしい」

　風呂に入る時も歯を磨く時も食事の時も自分があちこち連れまわして、そのくせ他のものに気をとられると一時的に放り出すので、毎度どこに置いてきたのか忘れているだけというのに、翔は自分の落ち度だとはまるで思っていないようだ。刑事ドラマにならって、行方不明届出さなきゃ、とリビングの棚から水色の道具箱を持ってきてフローリングの上に肘をついて寝そべる。家にあったA４サイズのコピー用紙を半分に切ったお手製の「行方不明者届出書」を広げ、日付と受理番号、行方不明者の情報を先の丸い鉛筆で書きこむ。このフォーマットは父が作り、コピーして使っている。毎日何通も届出が出されるので、コピーするそばからなくなってしまう。それを補充するのも父の役目だった。

　翔は「届出人」の情報として自分の住所、職業、電話番号、氏名まで丁寧に書き込むので、個人情報の塊のような書類をシュレッダーにかけるのが大変だった。しかし彼がいつも突発的に始めるそんな遊びが少なからず漢字の練習には役立っているようで、けんごくんの二歳上のお姉ちゃんが取り組んでいた小学校低学年の漢字ドリルを、まだ幼稚園生の翔がいとも簡単に解いてみせた時、けんごくんママは少し大げさなほど翔を褒めちぎった。けんごくんママは、わたしがまだ結婚していた頃、向かいの家に住んでいて、息子が同い年ということもあり意気投合した。義母はわたしが友人を家に招くことを嫌がったので、会うときは大抵けんごくんの家だったけれども。子供たちは子供部屋で遊ばせておいて、パン作りが趣味のけんごくんママに付き合って、ふたりでよくパンを焼いては食べていた。けんごくんママはおしゃれでティーカップにもこだわりがあり、そのカップで飲む紅茶はいつも格別に美味しかった。輸入食品を多く取り扱う店で同じ紅茶を見つけ、購入して自分の家で淹れてみたものの同じ味にはならなかった。わたしの淹れ方が悪かったのか、けんごくん宅で飲むから特別だったのか。実家に戻ってきてから、まだ一度も紅茶を飲んでいない。

わたしはけんごくんママとパンを食べ、おしゃべりに興じながら、天気の良い日には外に出てけんごくん宅の敷地内で遊ぶ子供たちの姿を二階の窓から眺めていた。ときどき、伸びやかな歓声が聞こえてくる。けんごくんと、けんごくんのお姉ちゃんのさとみちゃん、そして翔の三人で遊んでいることが多かった。

「つぎ、翔のばーん」

バドミントンやボール遊び、たまに鬼ごっこやかくれんぼなどをして遊んでいたが、翔が誰かに指示を出しているのを聞いたことがない。それでも、笑い声は誰よりも大きかった。おやつの時間になると、子供たちは声をかけなくても室内に戻ってくる。洗面所で汚れた手を洗うのは翔が一番最後、おやつを食べ始めるのも、食べ終わるのも翔が最後、けんごくんもさとみちゃんも、食べ終わったらあっという間に子供部屋に引っ込んでしまう。ごっこ遊びの時は、子供たちが考えたストーリー上、一軒家のすべての部屋を行ったり来たりし、「ママたち」が談笑するリビングも「通過点」として経由することが多い。

「いまは何ごっこしてるの？」

ごっこの序盤でリビングに立ち寄った子供たちに、けんごくんママが尋ねる。

「えーっとね、今はねえ」

尋ねると、もったいぶる素振りを見せつつも、まんざらでもなさそうで、さとみちゃんはどこか嬉しそうに説明を始める。

「散歩中なの」

「散歩？」

「あたしが飼い主で、翔くんがあたしの飼ってる犬。そんで、けんごが管理人さん」

「え、俺が飼い主じゃないの？」

「けんごは管理人だよ。さっきそう決まったじゃん」

「えー、俺飼い主が良かったなぁ」

「わがまま言わないでよ」

設定の揺らぎはいつものことで、さとみちゃんが一喝すると、けんごくんは押し黙った。

「ほんとに」

「女の子は強いねえ」

わたしとけんごくんママが感心している間にも彼らのストーリーは勝手に進んでいく。

「はい、しゅっぱーつ」

さとみちゃんはリードの代わりなのか短い紐のようなものを手から垂らしており、セロハンテープのつなぎ目がある紙製の輪っかを首に巻きつけた翔はフローリングに四つん這いになっていた。地べたを嗅ぎまわるように鼻をひくつかせながら前進する。翔が急に止まって片足を持ち上げると、さとみちゃんが、「こら！　またそんなとこでおしっこして！　そこでおしっこしちゃいけないってこの前も言ったでしょ！」とままごととは思えないほど力強い口調で叱責する。翔は何か言いかけたが、すぐに自分が「犬」であることを思い出したようで「ワン、ワン！」と唸るように二度吠えた。そのあいだ、けんごくんはひとりで鼻歌を歌ったり、けんごくんママに甘えたりしながら自分の出番まで待機している。

「ワンワン！」

また翔が吠え、椅子に腰かけるけんごくんママの前まで素早く進み出て、彼女の膝の高さまで跳び上がって、顔を近づけるような仕草をした。

「わあ！　びっくりしたぁ!!」

けんごくんママは突然の翔の行動に驚くというよりも困惑した表情を見せ、目が合ったわたしも苦笑した。

「ごめんなさいうちの子が……。こら！　だめでしょ噛んだりしたら」

さとみちゃんは、大人の反応など気にも留めずに役をまっとうする。設定上とはいえ叱られた翔は項垂《うなだ》れ、今度はわたしのもとまでやってくると、けんごくんママにそうしたように膝の高さまで跳躍して見せ、しかしやはり他人の母親には遠慮があったようで、わたしには少し大胆に、両手を腿につくようにして着地した。そのままじゃれるように、股の間に顔をうずめてくる。翔がいつも家で甘えてくるときの態度と同じだった。思わず伸ばしかけた右手が、さとみちゃんの怒号で引っ込む。

「こらってば！……すみません、しつけがなってなくて。ほら！　行くよ！　早くこっちきなさい!!」

さとみちゃんはリード代わりの短い紐をもどかしく感じたのか、あっけなく手放すと、翔のTシャツの襟元を背後から乱暴に引っ張った。わたしの身体から翔の身体が引き剥がされ、彼は四肢を床につけたまま歩き出す。

「困りますよぉ、村岡《むらおか》さん。うちのマンションはペット禁止なんですから。ルールは守ってもらわないと……えっとぉ」

やっと出番のまわってきたけんごくんが胸の前で腕を組みながら、もごもごとおよそ台本通りと思えるような拙い言葉を紡ぐ。

「クレーム！　クレーム！」とセリフに詰まるけんごくんをさとみちゃんが後押しする。

「あ……クレームがきてるんですよ、他の住人から。とにかく出て行ってもらえますか」

けんごくんがさとみちゃんの背中を押し、舞台上からはけるみたいに二人の姿はリビングから廊下へと消えていく。肝心の翔だけがその場に取り残され、「ワン！　ワン！」と声ばかり威勢よく上げながら二人の後を四つん這いの体勢を維持したまま追っていった。

「……翔くんママ？」

けんごくんママから呼ばれ、わたしは我に返る。

「ごめん。なんだっけ？」

「紅茶。おかわりいるかなって」

「あ……いる。いります」

わたしのカップに淹れたての紅茶を注ぎながら、けんごくんママは手を止めて苦笑する。

「ほんっと変なことばっかり思いつくよね子供って」

「ねえ……？　でも、なんで犬なんだろう、翔が」

「なんかね、さとみが犬飼いたいって最近うるさいのよ。自分じゃ世話できないでしょー？　生き物を飼うっていうのは責任をともなうんだよー？　って説明してさ。でも本人納得してないみたいで、ことあるごとに犬の話するんだよね。けんごはマンションに憧れてるから管理人役なのかな？　ないものねだりなのよね、ふたりとも」

おっとりとした口調で内情を説明するけんごくんママの話を聞き、バラの香りのする紅茶を飲むと不自然な胸の動悸はおさまった。

その日、わたしは、夕食の席でごっこ遊びの一部始終を話して聞かせた。

「じゃあ、次はけんごくんかさとみちゃんにやってもらえばいいじゃない」

翔に箸の持ち方を指摘していた義母は、顔を上げ、柔和な笑みをわたしに向けた。

「え？」

「犬役。翔ばっかりやるのは不公平じゃない？　今日は翔がやったんだったら、次はけんごくんかさとみちゃん。それでみんな平等。憎みあいっこなし。ねえ翔？」

わたしと話しているのに翔に対して同意を得ようとする態度は、近所付き合いのある大野《おおの》さんが、わたしの質問に対する返答をわたしではなく飼い犬に向ける態度と酷似していて、昼間の「ごっこ」がいまだに続いているような錯覚をおぼえた。義母に話を振られても、オムライスに混ざったみじん切りのピーマンをよけるのに必死な翔は生半可な返事しかしない。

食事の時に話に入ってこなかった尚也に、わたしは就寝前にあらためて話を振った。

「詩織は何を気にしてるの？」

翔を高く持ち上げていた尚也は、息を切らしてベッドの上に大の字になる。六畳間の空間から徐々に的を絞っていくみたいに、生乾きの髪の毛でベッドの縁に腰かけるわたしに焦点を定めた。

わたしは言葉に迷い、濡れた髪の毛に肩にかけたタオルを巻きつける。

「詩織は神経質になりすぎだよ。そんなに気にすることないじゃない。所詮、子供同士の遊びでしょう。なあ翔？　犬を軽く見ちゃいけない。犬だって重要な役だよな。物語の重要なキーマンだよ。ほら、俺だって翔の犬になれるよ。ウォーン、ウォーン」

一度寝付けば朝まで熟睡しているのに、寝付くまでに時間のかかる翔に、尚也は吠えながら自分の顔をこすりつける。

「それは犬じゃなくてオオカミでしょ」

わたしは力なく言った。尚也は吠え続け、翔は笑い、二人が身をよじるたびシーツに皺が寄った。


床に寝そべって鉛筆を握る翔に、机の上で書くよう注意するべきか迷ったが、美容室の予約時間に遅れそうだったので、「ママもう行くから。後でね」と小さな背中に向かって声を掛けた。翔は鼻歌交じりの生返事をする。玄関で靴に足を通していると、我が家で唯一行方不明届を受理する父親の真剣な声音を耳が拾い、苦笑しながら立ち上がる。今日は捜索にどのくらい時間を要するだろう。父親が見つけ出すのに苦戦している最中、忙しなく部屋を行き来する母親が家事の合間にあっけなく発見するのが常で、それは意外なほど近くにあったりする。

「じぃじ、とーだいもとくらしっ」

軽率な自分の行動を棚にあげ、覚えたてのことわざで揶揄《やゆ》されても所在無げに笑っている父の顔が脳裏に浮かんだ。

「あの、今日ってどれくらいかかりそうですか？」

父親に終わる時間をラインしておこうと思い立ち、戻ってきた美容師に尋ねる。

「多少前後するとは思うんですけど、だいたい二時間半くらいで終わるかと……！」

頷き、文字を打ち込む。送信してすぐに既読がつき、既読とほぼ同時にウサギが親指を突き立てている了解スタンプが送られてきた。ウサギの指の腹には赤い二重丸がついている。驚いて目を見張った。普段はリビングの引き出しに入れたまま使わないスマホを、外出時だけ父親に持たせている。既読はついても返信はこないことが普通なので、おそらくは翔が打っているのだろう。何か食べた？　と続けて文字を打つとナポリタンの絵文字が画面に表示された。駅前の喫茶店だろうと見当がつく。父親は保守的な人で、自分の馴染みの店にしか翔を連れてはいかない。わたしが生まれた時からある老舗の喫茶店は、わたしが地元を離れている間に改装され、先日三人で訪れた時には店内の雰囲気がだいぶ変わっていたので驚いた。大きく変わったのは、店内の奥に喫煙室ができたことで、これまで喫煙席でコーヒーを飲みながらタバコを吸っていた父は不満げだったが、禁煙の店が増えていく中で、やはり重宝しているようではあった。席に着き、父はビーフカレー、わたしはミックスサンドイッチ、翔はナポリタンを頼んだ。翔はケチャップが大好きで、ナポリタンやオムライスを作ると大喜びする。家でもよく作っているのに外でも同じようなものを頼もうとし、メニューもろくに見ずに料理を決めてしまう翔に、わたしはつい横から口出ししてしまう。

「せっかくなんだから、外でしか食べられないもの食べたら？　ねえ、ほら見て。きのこのパスタもあるし、エビのグラタンもあるよ？　おいしそうじゃない？　ナポリタンなんて、ママがいつでも作ってあげられるんだから」

「好きなもの食べさせてあげたらいいじゃない」

良かれと思って翔の隣でメニューを広げ、ほかの料理への興味を促すわたしを、父がたしなめる。

「だっていっつもおんなじものばっか頼むから」

「本人が食べたいもの食べるのが一番。翔はナポリタンが好きなんだもんね？」

「そりゃそうだけど……。お父さんの保守的なとこがうつったのかも」

「詩織だって小さい時はエビフライばっか食べてたよ。どこ行ってもエビフライがいいって言って。入ったお店にないと癇癪起こして」

「ぜんぜん覚えてない」

「ママ、エビフライ好きなの？」

翔が横からわたしの顔を覗き込む。改まって好きかと聞かれると急に照れ臭く思えた。わたしは答える代わりにメニューを閉じ、翔の顔を至近距離で見つめ返す。焦点が合わずぼやけてみえるほど近くに寄ると、こらえきれずに翔が噴き出し、直前まで彼が舐めていたヨーグレットの香りつきの飛沫が顔にかかった。

よかったね　おいしかった？　と、また続けて送信したが、今度は既読はついても返信はこなかった。スマホを置き、美容室のタブレットに手を伸ばす。電子版の雑誌の表紙を横にスライドさせていると、「それじゃ、切っていきますねー」と背後から声をかけられた。美容師と鏡越しに視線を合わせ、また手元に戻す。鋏をさばく音が耳のすぐ側で聞こえ、髪を引っ張られながら誌面を眺める。視界の隅で髪の束が空を舞い、足元に降り積もっていくのが見える。

久しぶりに目にする女性誌をざっと眺めただけで最近のトレンドを吸収した気になって満足し、同時に疲れた。○○世代のデート場所、お金事情、資格の有無など、同世代の女性で統計を取ったアンケート形式のランキングを目にしても、今の自分には遠い世界の話に思えてならない。なんでもいいから何か仕事を見つけなければと検索ワードに引っかかった複数の求人サイトに登録したのが数カ月前で、自分で作成したプロフィールをもとに条件に合った仕事を紹介してくれるサイトから、一日に何通もメールが届く。中途採用に力を入れているそのサイトは、自分のようなキャリアもなく時短勤務を希望するシングルマザーよりも、キャリア重視で向上心のある引く手あまたの中途社員を募集しているようで、募集要項の必須条件を見れば見るほど虚しくなってくる。大学は中退で、結婚する前はコンビニでしかバイトをしたことがなく、結婚してからは専業主婦だったわたしを積極的に雇用したい企業が果たしてあるだろうか。それでもせっかく登録したのだからと、送られてくるメールの求人すべてに目を通す、変なところで生真面目なわたしのその生真面目さこそが売りなのではないかと自認することが唯一の気休めとなっていた。しかし受け身な態度ではらちが明かないので、一週間ほど前から本腰を入れて、空いた時間にダウンロードした複数の求人アプリから条件を絞って検索をかけるようになった。わたしはタブレットを閉じてスマホのアプリを開き、今朝検索した時の条件のまま、再度検索をかける。十四件のヒット。正社員であることと、翔のことを考えて、家から近い職場という条件は外せない。

カットが終わったので洗い場まで移動し、顔にレモングラスの香りのする布をかけられ、鼻にピアスをつけた手つきの雑なアシスタントの男性にがしがし髪を洗われ、席に戻って髪の毛にパーマ剤を塗布される。

「しみてませんかー？」とさっきの美容師に背後から尋ねられ、スマホを置いて頷いた。薬液が垂れてこないよう頭の周囲を囲むように巻き付けられたタオルが緩んで瞼のぎりぎりまでおちてきたので、両手を使って持ち上げる。パーマのかかり具合を見られ、もうちょっと置きますね、と告げると、彼女はまた側を離れた。

時間を置いてまた洗い場に誘導され、席に戻る。再び放置。わたしは電子書籍をめくり、ラインの返信をし、慢性的な睡眠不足がたたって何度か舟を漕ぎ、話しかけられたら適当に答えた。その間ほとんど鏡を見なかった。

だから濡れた髪の水気を美容師ふたりがかりでドライヤーで乾かされる段になってようやく、

熱風を受けながら鏡を眺めると、亡くなった祖母が若い頃かけていたいわゆるおばさんパーマ的仕上がりに、驚き、少し愕然とした。

「けっこう……かかりましたね」

ドライヤーの音にかき消されてしまいそうで、声を張る。最初だけですから、と美容師もマスクを持ち上げながら声を張る。

「とれやすいって仰《おっしゃ》ってたんで強めにかけておきました。今はくるくるですけど、落ち着いたらいい感じに緩くなると思います」

「……はあ」

わたしは返す言葉を失い鏡の中の自分を見たまま固まった。気持ちをしずめるために随分前に提供された氷のとけたアイスティーを口に含み、時計を見た。


「こんど萌ちゃんち行くじゃん？　そん時お菓子持っていくでしょ？　お菓子にプロ野球チップスふたつ買ってもいい？」

「お菓子は買っていくけど、ママが選ぶからいいよ」

「え、おれも一緒に選びたい。プロ野球チップスふたつ」

「同じのふたつもいらなーい」

「え、一個は萌ちゃんにあげるんだよ？」

「萌ちゃんはそんなの食べないよ」

「食べるよ。いいじゃん。萌ちゃんに聞いたら食べるって言ってたもん」

「あんた、中のカードが欲しいだけでしょ？」

「でも萌ちゃんに聞いたらいいって。ポテトチップスあげるから、ついてくるカードだけちょうだいって言ったら、いいよって。だからいいでしょ？」

思考の端で翔の言葉をとらえながら適当に返事していると、不意をつかれてあやうく了承してしまうところだった。店で品物を吟味している時に限って交渉を持ち掛けてくるので、油断も隙もない。わたしは翔に向き直り、「あとでね。あとで」と念を押す。翔はむくれたように唇を突き出したが、わたしが睨みをきかせると「りょーかい。あとで」とトランシーバーに見立てたきかんしゃトーマスの小さな筆箱を通して応答した。

「ママ店員さんに在庫あるか確認してくるから。おとなしくしてて。そこから動かないでよ」

相手にされない不満を発散させるようにカーテンの売り場に向かって一直線に駆けだした翔の背中に向かって忠告する。「て　てんてん天使のはね～」という昔見たランドセルのCMのフレーズがよみがえる。最近の翔を見ていると、フレーズ同様、本当に背中に羽が生えているのではないかと思えるほど、いつも跳ねている。足が地面におとなしく着いている時間の方が少ない。つま先やかかとは少し浮いていて、どこまでも飛んでいきそうな身軽な体。わたしはそばで見なから不安と羨望が綯《な》い交《ま》ぜになる。

数分前、美容室で髪を切ったわたしは、買い物帰りのふたりと駅前で落ち合い、翔と一緒にショッピングセンターに向かった。買い込んだ品物は父に持ち帰ってもらった。

「ランドセル、何色買ってもらったの―?」

父と別れ際に翔に尋ねると、翔は両腕に荷物を抱える父の前に立って、内緒だよぉ、と笑いながら頭上を見上げ、小さな顔を覗き込む父に目配せした。それから、何やら小声で耳打ちしたが、父が首をかしげると、トランシーバーに見立てたトーマスの筆箱を口元まで持っていき、「応答せよ」と引き締まった声を放つ。

「こちらじぃじ。応答しました」

「お願いがある。例のブツはおれが帰るまであけないで」

「承知した。翔と一緒にあける」

「かたじけない」

「恐縮でござる」

「ほめてつかわそう」

父の影響で時代劇を見るようになった翔が使う不自然な時代劇用語を横で聞きながら、強すぎるパーマのかかった髪の毛が気になるわたしは落ち着かない気分で終始髪を撫でつけていた。結局、美容室を出てすぐに、ヘアバンドで前髪を上げ、後ろ髪は黒いヘアゴムで結んでしまった。

わたしの見た目は美容室に行く前とほとんど変わらない。それでも毛先はくるくるとカールがついているので、何か指摘されるかと構えていたが、翔はわたしの顔を見ても何も言わず、父はわたしが美容室に行ったことすら頭になさそうだった。

　気に入った布団カバーの在庫がなく、今日中に購入したかったわたしは肩を落として引き返した。昨晩、翔がおねしょをしたのだ。早朝、珍しく自分から目覚めてわたしを起こしてきたので寝ぼけ眼で体を起こせば、恥ずかしがる風でもなく、翔は濡れたカバーを指さして申告してきた。

　第一声、思わず「うわぁ」と声が出て、それからすぐに翔の顔を見た。翔はぼんやりとカバーを見下ろし、リュウソウブルーを握りしめたまま立ち尽くしている。

「だいじょぶだいじょぶ。洗えばいいんだから」

　わたしは翔の寝癖ごと小さな頭を撫でつけながら慰める。しかしカバーをめくると予想以上に尿量が多く、布団を敷いていた畳が心配になるほどだった。二、三歳の頃はおねしょばかりしていた翔も、この数年はすっかり収まっていたので、環境の変化によるものなのかもしれないと自分を納得させる。あるいは、小学校入学を控えて緊張しているのか。わたしの心配をよそに、翔はわたしの肩にリュウソウブルーを乗せて、「とりあえず、みんなはきんきゅーひなんさせた」と部屋の隅を指さす。襖に背中をつけるようにして、いつも布団の上に転がっているはずの人形たちが並んで腰を下ろしている。

「さすが。素早いね。でも待って――」

イーブイやミュウツーまで犠牲になってしまったのではないかと、立ち上がって手に取る。濡れた形跡もなく、鼻を近づけても翔の匂いしかしない。

「だいじょぶそうだけどこの子たちも念のため洗っておこうか」

振り返ってわたしが翔に告げるのと、アニメの放送を知らせに父が和室に入ってきたのがほぼ同時だった。

「翔、もう始まっちゃうよ」

「お父さん、今それどころじゃない」

布団を顎でしゃくると、父は眉を少し持ち上げ、何か言いかけたがすぐに口を閉じた。

「ねえ、お父さんはさ、翔のことお風呂場連れてって、服脱がせて洗ってあげて。わたしはシーツ洗濯する。布団にも染みてそうだから、洗って干さないと」

素早く指示を出し、父が翔を抱えて部屋から出ていくと、それと入れ替わるように母親が和室の入口から顔をのぞかせた。気だるそうに近づいてきて、布団カバーを剝がすわたしの向かいで腰を屈め、手を貸してきた。

「いいよ」

拒んだが返答がないので、「いいから」と声を荒げた。

「なに、ひとりでやるの」

「だって、後々恩着せがましいじゃない」

母が手を放し、無駄のない動作で立ち上がる。昔から変わらない、あきれるほどまっすぐな背筋で、すぐ側を横切った。

「カーテンくらい開けなさいよ」

わたしは不意に想起する。子供の頃、よくそんな風に起こされたことを。カーテンを開けることで母はわたしに朝を告げ、実際、わたしはそれで目覚めた。どんなに強く瞼を閉じても否応なく隙間から入り込んできては無理やり目をこじ開けてくる強引で暴力的な眩しい日差しに早々に抵抗をあきらめた。

「まったく……今日が晴れだからいいものの――」

母がまたさっきの位置に戻ってきて、小言を言いながら手を伸ばしてくる。わたしはもう断らなかった。部屋に降り注ぐ日差しを身体で受け止めながら、畳に膝をつき、ふたりで布団とカバーをつなぐ内側の四つ角の紐を黙々とほどく。顔を上げると母の影とわたしの影が交わり、壁に映し出されていた。動作の合間に、ゆがんだまま溶け合うみたいに境界が曖昧になる。影の接触すらどこか居心地が悪く、カバーを剝いだ布団の端を握ったまま少し後退する。母が顔をあげてわたしを見た。

「汚いからこの機会に捨てちゃったら。どうせ古いカバーなんだし。翔と一緒に新しいの見てきなさいよ」

剝がし終えたカバーを抱えて部屋を出ていく母の背中を、布団を抱えたわたしは後から追った。

朝の出来事を反芻しながら売り場を通り抜ける。翔が待つカーテンの売り場が見えてくると、甲高い声をあげながらチェック柄のカーテンに隠れるように顔をうずめる息子の背中には、もう先ほど見えた羽は生えていない。代わりにランドセルがある。「お待たせ」と言って翔に駆け寄り、さっきしつこく尋ねたのに教えてくれなかったランドセルの色を、トランシーバー越しに尋ねたらあっさりと口を割った。ブルーグレー。ブルーグレーだよ。思わず通路の端にしゃがみこんで、ランドセルのブランドとブルーグレーで検索をかけた。ネイビーよりは鮮やか、青よりは落ち着いた色味。

「きれいな色じゃん。いいね」

「あのね、ブルーだから、リュウソウブルーと一緒。いいでしょ」

いいね、とわたしはもう一度繰り返す。いつの間にかトランシーバーを口から離し、身体をくねらせながら、わたしのスマホの画面を一緒にのぞきこみ、耳元に熱っぽい息を吹きかけてくる翔を、足先から頭まで見上げる。同じくブルーの新品の長靴を雨でもないのに履いているのが今になっておかしかった。普段から履いてたら、肝心な時に履けなくなっちゃうよ。わざわざ晴れの日に長靴を履こうとする翔に、わたしは再三言って聞かせた。かんじんって何？　いちばん大事なとき。雨が降るとき。そのための靴なんだから。翔のスニーカーのマジックテープを剝がしながら中に足を入れるよう促す。そなえあればうれいなし、だよ。ママ。翔は玄関の扉を開けて、軽やかに外に飛び出す。雨はいつ降るかわからないじゃん。明日かもしれないし明後日かもしれないし、あと五分後かもしれないんだよ。新品の長靴の底で地面を蹴ると清潔な音がする。理屈を述べる翔を無理やり家の中に引き戻し、脱ぎなさいって、と声を荒らげる。むりだよ。もうおれのいちぶだもん。もとからおれのいちぶだもん。この手の強引な主張は翔の処世術のひとつで、何度も直面しているはずなのに、わたしは叱るのも忘れてぼんやりしてしまう。自由とわがままの境界が曖昧で、たとえば約束を破って続けるゲームは電源を引っこ抜いて中断させられるのに、たかが長靴をスニーカーに履き替えさせるだけのことは、息子の権利や主張を剝奪しているように感じる。そうこうしているうちにも、翔は再び外へ出て行ってしまう。わたしはスマホの画面を閉じ、翔の尻の下に手を入れて、小さな身体を抱きすくめる。顔を見上げると翔は身をよじった。

「どーしたのママ」

左頰の一部がうっすらと陥没しているのは幼稚園の時にできた傷跡だ。うんていに登ろうとして先に登っていた昂輝《こうき》くんの足で蹴られたことが原因で痕になってしまった。さして目立つものではない。でも明るい場所で至近距離で見るたび、わたしはその日の出来事を思い出してしまう。同じ幼稚園に通っていた昂輝くんは活発な子で、翔はたびたび彼の標的になっていた。わたしは翔に昂輝くんから何かされたらどんなに些細なことでも報告するようにきつく忠告していたが、翔には響いていないようだった。翔には何がひどいことなのかわからない。何が善で何が悪なのか判別ができない。加えて、人見知りの引っ込み思案が災いして、家だと饒舌なのに外では思っていることの半分も口にできない。抑圧をため込んで、幼稚園を一歩出た瞬間にわたしの胸に飛び込んでぐずる翔を何度も見てきた。

じっと見られていることに恥ずかしさを覚えたのか、翔はいつの間にかわたしの手から逃れ、背後に回り込んで息をひそめる。うなじのあたりに翔の湿った鼻息がかかった。またかくれんぼが始まったのだと思い、「どこいった?」とさっと右側に首を捻ると、翔も同時にわたしの左側に身を隠す。今度は左から。首が疲れてくると、両腕を後ろに伸ばして「はい捕獲ぅ」と言いながら翔の小さな身体を背中で抱きとめた。

「もう行こ。あんまり遅くなるとおばあちゃんに怒られちゃう」

翔はわたしの背中にぴったりとくっついたまま離れない。

「はがれないよ。ボンドでくっついちゃったから」

らちが明かないと思い、翔を背負ったまま立ち上がる。

「それ買うから取って」

陳列棚の前で、背中の翔に指示を出す。在庫のないベージュの代わりにグレーの布団カバーをレジまで運んだ。会計の最中、見知った顔が近くを通った気がし、わたしは思わず振り返った。

「袋お入れしますか?」

「……大丈夫です」

ワンテンポ遅れて答える。見間違えかもしれないとすぐに思い直した。

「おれが持つぅ」

背中から下りた翔がレジカウンターの下から手を伸ばす。すぐに飽きてわたしに荷物を預けてくるのは目に見えていたが、何も言わずに静観する。

「シールだけ貼っていいかな」

レジの女性がにこやかな表情で商品の包装にシールを貼り付けようとする。翔は戸惑った様子で手を引っ込め、わたしに同意を求めるように上目遣いに見てきた。貼ってもらいな、と促してから、わたしはもう一度背後を振り返った。


胃の調子が悪い、と言って、母親は駅前で買ってきた好物のたい焼きに見向きもせず、食卓の椅子に腰かけ、一人分のお茶を淹れて啜《すす》った。

「ねえそこわたしの席」

家を出る前、誰がどの席だと決めたわけではないけれどいつの間にか自分の席として定着していた「かつてのわたしの席」であり、現在も座り続ける席に、母親が座っている。

「出戻りが席がどうとか言わないで。だいたい誰がどの席かなんて決まってないんだから。それより、椅子につけるクッションどっかで買ってきてよ。お父さんに頼んだのにまた忘れて帰ってきたの。翔の買い物で頭がいっぱいで。いま使ってるやつ、紐が切れちゃった」

「そんなのいつでもいいでしょう。わたしも買い物で疲れちゃった。翔の布団も取り込まないと」

「いつでもよくないから言ってるの。あんたはひとのことはどうだっていいんだからいつだって。自分と翔、だけじゃないんだよ。この家は」

嫌味が始まったと思い、話題を転じる。

「悪いって、いつから」

「何が？」

「胃。悪いんでしょ？」

「ここ一週間くらい」

「だいじょうぶなの？」

母は黙って立ち上がり、ダイニングテーブルから卓袱台《ちゃぶだい》へと移動し、座布団の上に腰を下ろした。

「……せっかく並んだのに」

たい焼きを半分にちぎり、薄皮の中にぎっしりとつまったあんこを包みに押し出しながらぼやく。

あんこの量を調整し、厚みのなくなったたい焼きの尻尾を口に咥える。中が熱くて火傷した舌を、冷えた麦茶で癒した。母が身体をねじってわたしに背を向け、テレビを点ける。

実家について考えるとき、わたしはいつもこの家に漂う匂いを思い出す。木製の卓袱台に染みついた醤油の匂い。小学生の時にわたしがそこに醤油の瓶をひっくり返して以来、どんなにこぼした箇所を拭いても、醤油の匂いがする。今ではキッチンの横に設置されたダイニングテーブルでの食事が主だったが、醤油の匂いは消えない。卓袱台というよりも、部屋全体に染みつき、父や母からも同様に、家にいる時間が長ければ長いほど、わたしの身体も同じ異臭を放っている気がした。

数年ぶりに戻った実家は、やはり醤油の匂いがした。醤油の匂い、色褪せて潰れた座布団、その上に猫の毛を体中に引っ付けた母が腰をおろすたび、そのしみったれた哀愁漂う光景に、卓袱台ごとひっくり返したい衝動に駆られる。手なずけた猫をわたしの前であからさまにかわいがり、甘えた声で寵愛する姿は、自分に対する当てつけのようでもあった。

リビングのソファに転がっていた、くるぶしに車のプリントがされた翔のお気に入りの靴下を拾い上げ、顔をあげると、翔がいつの間にか裸足《はだし》でベランダに降り立っていることに気づく。わたしは網戸を全開にして声を荒げた。

「お洗濯もの干してあるからベランダ出ないでっていったでしょ！　しかも裸足で！　床がよごれちゃう……ちょっと待って。そのまま上がらないで！　いま拭いてあげるから。拭いてから入って」

慌てて洗面所で湿らせた雑巾を持って舞い戻る。翔は洗濯物の隙間に小さな身体をおさめ、日に照らされたバスタオルに顔を擦りつけていた。

「翔!!」

こっち来なさい、と手招きする。翔が屈んで膝をつくわたしの肩に手をのせ、従順に足を差し出す。

「もういいよ」

足の汚れを拭き取って顔をあげると呑気な表情を浮かべて鼻くそをほじる息子の顔があった。翔はすぐに鼻に指を入れる。汚いからやめなさいと言うと、見せつけるようにやる。脱力し、その場にへたり込むわたしの背中に、また母親の繰り言が注がれる。

「あーあー、洗い返しだわ……」

言い返そうとした寸前で翔が右の鼻に突っ込んだ人差し指を口に持っていこうとしたので慌てて阻止する。部屋に戻ってたい焼きに手を伸ばそうとする翔の横で、先ほど自分が包みに出したあんこに気づき、見えないようにティッシュで隠した。


翔の入学式当日に、ようやく仕事が決まった。駅前のショッピングセンターに入っているアパレルショップで、日頃からお洒落《しゃれ》に無頓着な自分が、最初のうちは希望の職種から除外していたジャンルだった。入学式を終えて帰宅した直後、テニス部のグループラインと紗希の個人ライン、両方に報告を入れる。

「あした私休みだから、ご飯行こうよ。お祝いさせて」

グループラインは祝福のメッセージであふれたが、わたしの就職祝いから祥子の会社のパワハラ問題へと瞬時に話が脱線する相変わらずの平常運転で、紗希からは個人的にすぐに返信がきた。

以前から希望していた不動産屋の事務の面接は不採用で、リユース品の買取査定スタッフは待遇はいいが外回りと残業が多く断念し、アパレルショップの仕事も、面接を受けてからかなり日が経っていたので今回もダメだったのだろうと気落ちしていたところに舞い込んだ吉報だった。仕事が決まるまでのこの数日間を、わたしはラインの返信をしながら振り返る。

母親から、このまま居座り続けるなら店番をしなさいと言われ、父親が配達に出ている間はわたしが店番をしていたが、大抵の場合暇を持て余して、なかなか収穫の得られない就活から逃れるように、フリマアプリばかり開いていた。出品している商品の閲覧数やいいねの数をチェックし、出品から二週間以上経過しても売れない商品の値下げを試みる。値下げ交渉が来ればすぐさま応じ、ごくたまにブランド物のアクセサリーやバッグが売れれば、慌てて梱包し発送手続きをしに最寄りのコンビニへ向かった。尚也からもらった婚約指輪は、写真と商品詳細だけ入力したが、下書き保存までして出品を踏みとどまっている。手持無沙汰で、検索ボックスに「子供服男の子」と打ち込み検索をかけていると、人の気配がし、慌ててスマホを置いて立ち上がる。店の前で、見覚えのある猫が鳴いていた。猫は首に赤いバンダナのようなものを巻いていて、一瞬どこかの家の飼い猫かと思ったが、身体にある斑点模様を見て、すぐに「スターちゃん」だとわかる。わたしはその甘えたような鳴き声にふてぶてしさを覚え、母が不在なのをいいことに追っ払おうとしたが、以前どこかの飲み会で誰かが、幼い頃、白鳥にかっぱえびせんをあげていたというエピソードを話していたのを思い出し、思い付きで部屋にあがって四連になっているかっぱえびせんをひとつもぎ取って中身を猫に与えた。猫がえびせんを完食する頃になってようやく、首に巻いているバンダナが自宅のテレビ台の上にしばらく置いてあったものだと気づいた。

その日の夕食の最中、母親の炊いた硬い米を箸を使って茶碗の縁で伸ばしながら、思わず家族に弱音を吐いた。

「惨敗なんだけど就活。もし次だめだったらお店手伝おうかな」

翔以外には常に寡黙な父親は、翔が皿に残したカボチャの煮つけに箸を通しながら苦笑し、その反応はわたしの不安を一層煽った。

「何、なんか言ってよー。結構いい案だと思うけどな。わたしがお店継ぐの」

「わがままもいい加減にしなさいよ、詩織に払う給料なんてないからね。だいたい、家賃も食費もいれてないんだから、店番するのなんて当たり前。甘えたこと言ってんじゃないわよ」

父親に聞かせているはずが、横にいる母親がすぐさま口をはさむ。

「就職先決まらなかったらって言ってるでしょ？　決まるから大丈夫」

「そんなさ、あんたが希望するような条件にあった仕事なんてあるわけないじゃない」

「探してみないとわからないでしょうが。そうやっていっつも決めつけてくるからやなの」

鼻息荒く言い切って、テーブルに音を立てて茶碗を置く。母親はわたしの発言をすべて無効化するかのように口を閉ざし、憮然とした態度で黙食に徹したが、しばらくするとまたおもむろに口を開いた。

「そんなに大変なら尚也くんとまたやり直したら？　翔だってまだ小さいんだし」

「そんなの無理に決まってるでしょ。無理だったから別れたのに、またやり直すなんて」

実家に戻ってきてから、おそらく初めて尚也の話題を持ち出され、わたしは思わず構えた。

「あんたはいっつも続かないからね」

「何が言いたいの？」

母の言葉の端々に悪意を感じ、つい険のある口調になった。

「大学は中退するし、水泳もピアノも続かなかった。ぜんぶあんたがやりたいって言ったのに」

「いつの話よ。そうやってすぐ昔の話ひっぱり出してくる。ねちっこい」

「ほんと、いくらかけたんだか、あんたに」

「結局、お金のことね」

「お金のことだけを言ってるわけじゃない」

「恨んでるのね、子供が自分の思い通りにいかなかったから」

止めなければ、と思った。今ここでわたしが言い返すのをやめれば、この場は収まるはずで、頭ではわかっていた。身体が熱くて、わたしは翔がわたしに怒られた時、顔を真っ赤にして泣く姿を思い出した。

「図星でしょう？　恨んでるくせに。結婚前に子供ができたことも、地元を離れたことも、それから全然連絡しなかったことも全部」

「ほんっとにばかばかしい。あんたは成長がない。そんなんだから尚也くんも嫌気がさしたんだろうね」

「尚也のことはいま関係ないでしょう⁉」

「関係あります」

「ありません」

「ある！　もういい加減にして」

「尚也はもう付き合ってる人がいるの！　なんにも知らないくせに口挟まないでよ」

啖呵《たんか》を切って、箸をテーブルに叩きつける。わたしは、尚也の相手が母もよく知っている相手だと喉元まで出かけた言葉を飲みこみ、息を吸った。もういいじゃない、と珍しく父が間に割って入ってくる。そこへ、夕食の途中で席を立ち、寝室に行ったきり戻ってこなかった翔が本を小脇に抱えて戻ってきた。

「翔！　ご飯中に席を立たない」

「ごめんなさぁい」

翔はわたしの機嫌の悪さを敏感に察して、父の側に寄っていくと、膝の上に腰を下ろした。

「こんどは何の本読んでるの」

「ことわざのやつー」

「それわたしが買ってあげたの。駅前の書店で就活の本選んでたら翔にねだられて。けっこう高かったんだからちゃんと読んでくれないと困るよ」

「翔はかしこいなあ、じぃじにも見せて」

わたしの説明などほとんど耳を傾けようともせず、父は翔のことばかり構う。自分が幼い頃、翔のように父に構ってもらった記憶はない。放任主義というよりも、わたしはずっと父の興味の対象ではなさそうで、かといってわたしは父の気を引こうとする子供でもなかったから、自然と接触は減っていた。

「ねえ、ご飯食べさせてからにしてよ」

「いいじゃないの」

「まったく、翔には甘いんだから。翔、じぃじみたいなのを目にいれても痛くないって言うんだよ」

「どういう意味？」

「かわいくてしょうがないってこと。でもこんなに甘かったら、先が思いやられるわ」

嫌味で言ったつもりが、父は頬を緩ませるばかりで何も返してはこない。わたしは一足先に食事を終え、席を立った。

夕食後、家族全員がリビングからいなくなると、わたしは再びキッチンに立った。夕食では満足できず、湯を沸かして最近お気に入りのカップ麺を用意する。反動なのか、義実家にいた時はまったく食べなかったジャンクなものを、よく食すようになった。SNSで見かけたアレンジ方法を再現するべく、出来上がったカップ麺にお酢とラー油を数滴垂らす。隣の部屋で、先ほどとは打って変わって稚気に富んだ遊びが盛んに始まる。理屈っぽくことわざを放ちながら、実年齢にふさわしい平易なルールや単純明快な遊戯を好む息子は矛盾して見える。翔が「きらきらにゅー！」とおまじないを唱えるのが聞こえた。おそらくそのおまじないは萌ちゃんの発案で、その場の空気を一新したい時、あるいは目の前の人のキャラクターを変えたい時に叫ぶものだった。大幅な変更を望む場合は「きらきらにゅー！×2」を使う。これにかかった父親が必死になって表情や声色を変えているのが目に浮かんだ。わたしはカップの蓋を剝がし、湯気で曇った視界で麺を啜った。

紗希に、明日は翔が午前中で学校が終わりだと伝えると、それなら三人でランチでも、とすぐに話がまとまった。その後「午前中で終わる」というフレーズから、紗希のお父さんが「半ドン」と未だに言い続けているという話題で盛り上がる。

それで言うとさ、とわたしは画面を滑る自分の指に目が留まる。入学式のためだけに久しぶりに塗ったピンクベージュのマニキュアが早くも剝げはじめているのに気づき、人差し指の爪で軽く擦った。ろくに家事もしないから手が綺麗でうらやましいわ、とマニキュアを塗るわたしに向かって放たれた母親の嫌味を何気なく思い出し、スマホを持つ手に力がこもる。

「うちの母親も、この前お里が知れるよとか言うからビビったわ」

「死語だね」

「本人はまったくの無自覚だけどね」

双方の親の死語対決で盛り上がった後、紗希が入学式の写真を見たいと言ってきたので、正門前で翔がピースサインをきめる写真と、深夜のテンションでわたしがふざけて自宅でランドセルを背負った写真、ママ友たちと合流した時の写真など、何枚か見繕って送った。

その中から、正門前で撮影した翔の写真だけを二枚、尚也にも送信した。尚也とは、事務的なことに加え、何かの節目で翔の写真を一方的に送っている。親しくする理由もないが、避ける理由もない。ただある一定のラインのようなものはお互いに引いていて、互いのプライベートは明かさないし、翔を含めた三人で会うこともない。尚也と別れた時、わたしは尚也から離れたかったというよりも、あの義実家から出たかった。実家を出た時ももう二度と戻らないと決めて出てきたが、義実家をほとんど家出同然で逃げ出した時、もう戻れないと思った。戻れる可能性がなかった。

「呼吸ができなくなるんだあそこにいると」

わたしの家出先のひとつだった萌ちゃん宅には離婚前ずいぶんお世話になり、萌ちゃんママには頻繁に心の内を吐露していた。

「詩織さんが楽になるなら、いつまででもウチにいてくれていいよ」

萌ちゃんママはママ友の中で唯一わたしを下の名前で呼ぶ人だった。ストレスのせいか肌荒れがひどくって、と話すと、萌も昔アトピーでひどかったからわかるよ、と気持ちを汲んでくれた。それからは萌ちゃんの話になった。ネットで探した病院に通ってもダメで、知り合いに紹介してもらった病院に行ったら一発でよくなったという話。ただ家から遠くて通うのが大変だったという話。話の途中で萌ちゃんが寄ってきて、翔くんはちゃんとしてない、とあきれた様子でわたしたちに告げ口した。

「なんで、どーしたの」

萌ちゃんママが萌ちゃんの顔を覗き込む。萌ちゃんはクリスマスプレゼントで買ってもらったというプリンセスなりきりセット一式を身に着け、萌ちゃんママの膝に浅く腰掛けると、ママのカップに入ったコーヒーに口をつけ、顔をしかめた。裾広がりの水色のドレスに、頭にはハートの王冠、手にはグローブ、そしてステッキを握りしめている。かわいいねえ、と褒めると、耳の下で結んだ三つ編みの先を鼻下まで持っていって、口元を隠しながら照れくさそうに頬を緩めた。

「翔がなんか悪いことした？」

「翔くんが、萌のこと迎えにきてくれないの。王子様なのに」

「待って待って。まずさ、設定をおしえてよ」

話の見えない萌ちゃんママが、萌ちゃんに説明を促す。

「萌は、お姫様。お城に、閉じこめられてる。翔くんは、王子様。萌を迎えにくる。でもぜんぜん迎えにこないから萌は待ちくたびれて、萌のほうから迎えにいったの。そしたら翔くん、ひとりでゲームしてて。なんで来てくれないのって聞いたら、おれが迎えに行かなくてもひとりで出てこられるじゃんって言うんだよ」

話しているうちに萌ちゃんはヒートアップしてステッキを放りだし、ママの膝の上から降りて地団太を踏んだ。そこへ萌ちゃんパパが仕事から帰ってきて、件《くだん》の話は夕食後に持ちこされた。

「わかった。じゃあパパが悪役をやるから、翔くんが萌を助けにおいで」

萌ちゃんに糾弾され、平謝りする翔に同情したのか、萌ちゃんパパが悪役を買って出る。悪役から萌ちゃんを救い出すという新しいシナリオを与えられた翔は、健気に役をまっとうした。萌ちゃんパパはサービス精神からか、萌ちゃんを持ち上げたり、翔を振り回してソファに投げたり、レスリングのように足を絡ませ、技を仕掛けて全力で子供たちを楽しませる。しかし翔が萌ちゃんパパを倒しても萌ちゃんが「きらきらにゅー！」と叫ぶたび蘇生する羽目になり、疲れ果てた頃に、「そろそろ寝たら？　明日から出張なのに」と萌ちゃんママが声を掛け、ままごとはお開きとなった。翌日の早朝、萌ちゃんパパが腰をやっちゃった、と言いながら萌ちゃんママに湿布を頼む姿を見て、わたしは翔を連れて実家に帰る決心がかたまった。

尚也から「入学おめでとうございます」という言葉とともに、浮かれた猿のスタンプが送られてくる。スタンプを長押しすると、某携帯キャリア会社が配信するものだった。まだ付き合う前の十代の頃、連絡先を交換した時に「俺、同じキャリアの人と初めて会った」とはにかんでいた尚也の顔が浮かんだ。大手のキャリアで、わたしの周りはそのキャリアばかりだったから、「うそぉ、いっぱいいるよ」と返した。

「俺の周りにはいないんだよ。詩織がはじめて」

その時のその表情と交わした会話が、十年たった今でも妙に鮮明によみがえってくる。

義実家での暮らしがきつい、と尚也に持ち掛けた時、彼は少し呆れたような表情で、「詩織はさ、苦手なもののハードルが低いんじゃない？」とわたしに告げた。

「好き嫌いも多いじゃん。レバーが嫌い、あんこもダメ、しいたけとオクラもだめだよね？」

「尚也だってピーマン苦手じゃん」

「俺のは違うよ。俺は食べたいっていう意志はあるわけ。でも身体が受けつけないの」

「それを嫌いっていうと思うんだけど」

「詩織は挑戦したことないでしょ？　食べないで、食べる前から嫌いって言ってるだけだよね？　自分と合わないって切り捨てるのは簡単だけどさあ」

自己を正当化することに長《た》けている尚也の前で、話はいつも堂々巡りになった。わたしと尚也が結婚することになって建てられた二世帯住宅を出ていくのは、容易なことではなかった。だからわたしの心は踏ん張って、合わないからと切り捨てないよう踏ん張って、でも身体が受け付けなかった。飲み込もうとして口に含むのに反射的に吐き出してしまう食べ物のように、生活を続けたいという意志はあるのに身体が拒んだ。

「この前、ショッピングセンターにいた？　地元の」

尚也へのメッセージを入力したが、少し迷ってからすべて消し、代わりの文字を打ち込む。あの時、尚也はひとりではなかった。

「翔が、入学祝いしてほしいって」

送信してすぐに、軽い動悸をおぼえ画面を閉じる。寝る前にもう一度開いたが、既読はついたものの返信はない。朝方もう一度スマホを開くと、短い返信がきていた。

「わかった。今バタバタしてるから。落ち着いたら連絡する」

背後に翔の寝息を聞きながら、頭から何度も読んだ。目が冴えてしまい、布団の上でゆっくりと身体を起こす。

ショッピングセンターの二階にわたしが働くことになったレディース服を扱うアパレルショッ

プがあり、その隣が紳士服のお店、さらにその横が雑貨屋という並びになっていて、雑貨屋の向かいのスペースには簡易的なテーブルと椅子が設けられている。そのテーブルや椅子を見て、ビアガーデンに置いてあるやつに似てるよね、と前に笑っていた紗希はいま、そのうちの一つに深く腰掛け、自販機で買ったセブンティーンアイスの包装を破っている。

「仕事探し始めた頃は、アパレルとか盲点だったわ」

もともと、この仕事を見つけてきてくれたのも紗希だった。テニス部の飲み会以降もわたし以上に熱心に仕事を探してくれていたようで、地元の新聞広告や街の求人情報を見かけるたびに連絡をくれていた。

「しーちゃんに合ってると思うよ。家からも近いし、いいんじゃない」

「そう。それがほんとに決め手だった」

わたしは翔のために持ってきたペットボトルの麦茶を口に含みながら紗希に同意する。

「今日はお祝いということで」

「ファミレスでね」

「そうファミレスで。ドリンクバーとパスタで」

「パフェも食べちゃおうかな」

「何パフェ？」

「うーん、チョコ系？」

「しーちゃん昔からチョコ好きだもんね！　いやー、でもよかった。ほんとにおめでとっ」

紗希がアイスのささったプラスチックの柄をつかんだまま小さな拍手を送ってくる。その表情を見て、高校受験の時、先に推薦で合格していた紗希が、自分が入試の時に持って行った「合格祈願」のお守りを貸してくれたことを思い出した。

「お守りの使い回しってありなの？」

「わかんないけど、私合格したから、一応ご利益はありそうじゃない？」

「うける。もう効力失ってそう」

その話を後日テニス部のみんなに話したら、「紗希ってそういうとこ天然だよねー」とあずさが妙にうけていた。

渡されたお守りを、わたしは受験当日故意に自宅に忘れた。わたしの部屋を掃除していた母が「だいじなお守り忘れてるよ！」とわざわざ携帯にメールをいれてきて、それは母親の親切心に過ぎなかったが、わたしには母のそういうところが、うっとうしくて仕方なかった。

結局、都立の志望校に落ちたわたしは併願していた私立の高校に入学した。あのとき紗希に渡されたお守りを持って行ったら、結果は変わっていただろうか。

わたしは包装の内側に付着しているアイスを指さして、「これ置いといたら翔が舐めそー」と渋い顔をした。

「でも私もこーゆーの舐める。むしろさ、本体より美味しくない？」

本体って何、と座っている椅子をかたかた揺らしながら笑って突っ込む。

「あー、しーちゃん、ハズレだぁ」

「ねえ、もう、座った瞬間に気づいてたから。ハズレ引いたって。いい加減ここの椅子かえてほしいんだけど。いつまでこれなの」

学生の頃からこのスペースには脚の安定しない椅子がひとつだけあって、それにあたった人は「ハズレだ」と冷やかされる。ハズレを引くかもしれないと思うと、わたしはいつも少し浮きたった。誰かがハズレを引くと興奮した。自分の好きなジュースが売切で、普段飲まないような目新しい缶ジュースに手を出して、それが不味《まず》いと盛り上がった。自販機の返却レバーを押して、釣銭がかえってこないと両手で機械を揺らし、自販機に無邪気な危害をくわえながら、その場は楽しげな悪態が飛び交った。揺れない椅子よりも揺れる椅子、精度の高い自販機よりも衰えた自販機、別に望んでいるわけではないけれどそれらの場面に遭遇した時、不承不承受け入れる、その状況を楽しんだ。あの時から何も変わっていない。入っている店舗は変わったけれど、空間は変わっていない。あの頃のままだ。けれど不足を充足に、不幸を幸に反転させる技量は、あの頃の方がずっと長けていた。

ところで、と紗希が話題を変える。

「翔くんは、何時に学校終わるの？　終わったらその足でここに来るんだっけ？」

「午前中いっぱいだからそろそろ来るんじゃないかな。そのまま来るよ」

話しているうちにランドセルを背負った翔がエスカレーターを駆けあがってくるのが見えた。

「話してたらきたきた」

黄色い帽子を目深に被った小学生に、かけるーと手を振る。まだ入学から間もないので無理もないのだが、帽子にしろランドセルにしろ、何か着せられている感があって、不格好でおさまりが悪いように見える。同級生に比べて小柄で、肩幅が狭いのも要因かもしれない。

翔はわたしの声に気づかず、降り立った場所で立ち止まってあたりを見回す。後ろからあがってきた背の高い男性がぶつかりそうになり、慌ててよけていた。

「翔くーん、こっちだよー！」

紗希も一緒になって声をあげると、ようやく気づいて、何か口走りながらこちらに向かって一目散に駆けてきた。

「エスカレーター、走って登らない！」

走ってきた勢いそのままにわたしの膝に飛び込んできた翔の頭を撫でながら、注意する。翔は身体を少しよじって、向かいに腰かける紗希の顔を一瞥《いちべつ》してから、またわたしの膝に顔を伏せた。

「恥ずかしがってんだよ。相変わらず人見知り発揮してる」

「翔くん。登校おつかれさま」

紗希が身を乗り出して積極的に話しかける。人当たりがいい、という紗希の第一印象は、付き合いが長くなっても変わらない。学生時代、勝手にわたしの友人たちをふるいにかけていた母が、あの子は感じがいいね、一番まともそうと、偏見に満ちた言葉で呟いていたのを思い出した。

「翔、おつかれさまだって、紗希が」

「こんにちはぁ」

「こんにちはってあんた、何恥ずかしがってんの。紗希、何回か会ったことあるでしょ。ほら、前に、人生ゲームもらったじゃん。覚えてない？」

覚えてるぅ、と翔はわたしの黒いスラックスに顔を擦りつけながら応答する。

「ちょっと、ズボンによだれつけないでよ」

スーツは学生の頃に母親に買ってもらったこの一着しか持っていない。昔から体形はほとんど変わっていなかったが、ここ数年間、これといって食事にも気を遣わず、コロナ禍による運動不足も相まって、太もものあたりに若干締め付けを感じる。スキニーやスラックスなど、肌に密着するパンツを穿くと顕著だった。

「最近これ系のパンツきつくてしょうがないんだけど」

「うそぉ。全然じゃん。嫌味ですか。こっち戻ってきたとき久しぶりにしーちゃんの姿見て相変わらずスタイルいいなあって思ったよ」

紗希がアイスの包装を手に立ち上がって、「翔くんもなんか食べる？　おねえちゃんが奢ってあげる」と自販機を指さす。その一言に意気揚々とわたしの膝から顔をあげた翔の腕を、わたしは両手で離れないように押さえつけた。

「紗希ありがと。でも気にしないで。この子、夜アイス食べるの。お風呂上がりに。食べ過ぎちゃうから一日一本までって決めてるんだ。ね、翔？　それにどうせファミレスで何か甘いもの食べるんだから」

不服そうに下唇を噛む翔の頭に手を置き、円を描くように撫でる。撫でる延長線上で耳の下に指を滑らせ動かすと、翔は、きゃはっと短い歓声をあげ、硬い殻に引っ込むカタツムリさながら細い首を縮こまらせ、突き出した肩をいからせて、頭部を未熟な肉体の内側に抱え込むみたいに素早く引っ込める。白い肌に小さな皺が寄り、伸張し、また収縮した。

「くすぐり弱いんだぁ」

わたしたちの様子をたのしげに観察していた紗希は、不意にまじまじと翔を至近距離で覗き込み、「翔くん、よーく見ると、しーちゃんのちっちゃい頃に似てるねえ。特に目元が」と感想を述べた。


ファミレスで、わたしはボンゴレ、翔はたらこのスパゲッティ、紗希は季節野菜のジェノベーゼ、それからマルゲリータとカプレーゼとシーザーサラダを三人でシェアするべく注文した。

「おれはこれ、これだよ？」

呼び鈴を鳴らしてすぐに注文をとりにきた店員に、わたしと紗希がメニューを読み上げている間、翔は落ち着きなくテーブルに張り付けられたデザートメニューのティラミスを指さして主張し続けた。

「ねえ待って、後で。まずはご飯」

わたしの必死の牽制もむなしく、スニーカーを脱いでソファに立ち上がった翔は、ティラミス、と声高に騒ぎ続ける。

「うるさいって。ねえ、ちゃんと座って。静かにしないと頼まないからね」

向かいにいた紗希が苦笑し、店員が立ち去った後、わたしに怒られて項垂れる翔の顔を覗き込む。

「翔くん。ご飯終わったら食べられるよ。ティラミス。ね？」

翔は紗希を見ずに、お手拭きの入っていたビニールの包装を口にあてがい、中に息を吹き込み膨らませる。ねえやめて、とわたしはまた翔を叱責し、ごめんね落ち着きなくて、と紗希に詫びた。

「全然いいよ。普段子供に接する機会ないから新鮮。面白いし。翔くんかわいいいし」

「じゃあ連れて帰る？」

「喜んで」

「お？　大変だよぉ？　言うこと聞かないんだから。理屈っぽいし。あ、でもあれだ、紗希の前だったらいい子にしてそう。翔、紗希が連れて帰りたいって、翔のこと。紗希の家の子になる？」

指先でまだ包装をいじりながら、翔は視線を泳がせる。迷ってる迷ってる、と紗希と顔を見合わせて笑っていると、翔がわたしの耳元に顔を寄せた。

「……さきちゃんは、わんちゃん飼ってる？」

「なんでママに聞くの。紗希ちゃんに直接聞いてみな」

翔はもじもじと挙動がおかしくなり、仕方なくわたしは翔の言葉を代弁する。

「わんちゃんは飼ってないなあ。でもね、ねこちゃんなら飼ってる。マンチカンっていう種類の猫ちゃん。翔くん知ってるかな」

「紗希、猫飼い始めたんだ。いつから？」

尚也が猫アレルギーなのを知っているだけに、わたしは驚いた。

「一年くらい前からかな。飼うつもりなかったんだけど、コロナ禍になってなんか飼いたいなあって思って」

「うちも、猫ちゃんならいるよねぇ？」

翔に話を振ったが、彼は「オレンジジュースとりに行ってきていい？」とわたしにお伺いを立てた後、わたしとテーブルの間を小さな身体でさっとすり抜けて、ドリンクバーコーナーへと駆けて行った。

「しーちゃんとこも飼い始めたの？」

「飼い始めたっていうか、うちの場合は居ついてるだけ。お母さんが野良猫を餌付けしちゃってさあ、しょっちゅう店に来るんだよ」

「うわあ、それうちの実家と同じだよ。うちの場合はお父さんが。そんでお母さんが嫌がって、しょっちゅう喧嘩してた」

「わたしもさ、餌付けするのはよくないと思うんだよね。癖になるっていうか」

翔がオレンジジュースを手に戻ってきて、自分の席に着くかと思えば、わたしの膝の上に鎮座する。ねーえ、狭い。翔そこにいたらママ食べれないじゃん。翔は笑いながらわたしの膝の上で、紗希と向かい合う形でオレンジジュースをすすり始める。今朝気づかなかった後頭部の寝癖を撫でつけて笑っていると、あっという間に空になったグラスを持って、再びドリンクバーコーナーへと駆けていく。食べるのは遅いのに、飲むのは早い。小さな背中を見送りながら、わたしは紗希に向き直った。

「そういえば、うまくいってる？　尚也と」

触れない方が不自然だと思い、触れた。紗希からは言いにくいだろうと思って、わたしから聞いた。わたしは、翔と同じ小学生くらいの頃、給食で苦手な食べ物が出てきたら後回しにせずに先に食べる子供だった。口に入れて噛む瞬間はつらいけれど、飲み込んで胃の中に入ってしまえば大丈夫だと、母が言っていたから。嫌なことは早く済ませたくて、だからそうした。

「うん。でも、向こうも仕事が忙しいみたいで、あんまり会えてはいないんだけど」

運ばれてきたパスタをフォークで何周も丸めてから口に運ぶ。巻きが緩くてほどけた麺が、皿の縁に垂れた。

「そうなんだ。家も離れてるから大変だよね」

「そう。でも、この前は、向こうがこっちまで来てくれて。買い物とか付き合ってもらった。彼のお義母さんも、よくしてくれてるし……そんなに不安はないんだけどね」

「お義母さんが？　会ったの？」

咀嚼の途中、奥歯であさりの砂利を砕いた感覚があった。わたしは手元を見ずに、フォークを皿の上に置いた。皿のカーブに沿ってフォークの柄がまわり、金属質な音が響く。そこまで関係が進んでいるとは思わなかった。

「うん。ちょこちょこ向こうの家にお邪魔させてもらってる。この前は、誕生日に呼んでくれて。……しーちゃんと翔くんのことも気にしてたよ。連絡、全然とってないの？」

「気にしてたって？　お義母さんが？」

「じゃなくて……いや、お義母さんもそうだと思うけど、尚也が」

「そっか……尚也とは、事務的な連絡くらいだね」

わたしは、義母のことを思い出しながら、オリーブオイルでべとついた唇を舐め、グラスに注がれた水を飲んだ。

あの家で、義母は審判で、わたしだけがルールを知らないスポーツをしているような日常だった。物事の是非を決めるのはわたしではなかった。打席に立たされて右往左往しているわたしに向けられる、無頓着な尚也の目。生きているだけで判定されているような日々が、本当はまだ続いているのかもしれないと、当時の感情が俄かによみがえってくる。

「こんどさ、しーちゃんさえよければ、またみんなでご飯でも行かない？　前みたいに」

紗希は無邪気に提案をしてくる。紗希にはいつも、悪意がない。前みたい、の前がどんな感じだったか、わたしにはうまくわからなかった。思い出すことはできる。前みたい、な状態を、意識して再現もできる。だが、意識しなければできない。離婚後、しばらくして、紗希から尚也と付き合っていると報告を受けた時、気を遣わせてはいけない、と真っ先にわたしは思った。だから最初のうちこそ三人でも会った。最初は慣れなくても、時間とともに慣れていくものだと思った。無理をしてでも、慣らしていくものだと思った。

「いいよ」

わたしはまた義母のことを思い出しながら、ぼんやりと答えた。紗希の反応がなかったので、否定と受け取られたのではないかと慌てて、行こう、と言い直す。紗希は優しかった。昔から、人当たりが良かったし、敵を作らなかった。給食を食べるのが遅くて、ノートを取るのが遅くて、走るのも遅かった。わたしは大抵のことは周りの子たちより早くできた。早く終わってしまった子は、時間のかかる子が終わるまで待っていなくてはいけない。あの時間は長かった。つまらなかった。速度が違うことが、もどかしかった。速度が違うのに、早い方が遅い方に合わせなくてはいけない理不尽に、ぼんやりと気づいていた。でもそれも、小学生の頃の話だ。わたしはいつの話を思い出しているのだろう。

翔がグラスの縁ぎりぎりまで注いだ飲み物を、ゆっくりとした足取りで運んでくる。こぼすなよー、と笑いながら注意を促すが、内心ハラハラしていた。紗希も振り返って「なみなみそそいだねぇ」と頬を緩ませる。

「しかもみてあの色」

「食欲減退する色だわ」

「コーラ混ぜたんよ絶対。あとメロンソーダ」

「ねえ、いまちょっとこぼした」

「ふざけてるね」

「ふざけてるよ」

翔がわたしたちのテーブルの数歩手前で不意に立ち止まって顔をあげ、心底おかしそうに肩を揺らして笑う。何がそんなにおかしいのか、というくらい、歯をむき出しにして、口の奥をのぞかせて笑う。この世に笑い以外の感情がないみたいに笑う。子供はいつも、奇跡みたいに明るい。

また、わたしの膝の上に腰をおろし、二切れ目のピザに手を出した翔のもみあげの部分をおさえて、「おいし？」と顔を覗き込む。チーズの糸を長く伸ばしながら、翔はゆっくりと深く頷く。バジルも残さない、と言って皿の上のをつまんで半開きの口の端からねじこむ。翔は不服そうに顔をゆがめながら口を動かす。

「バジルだっておいしいでしょ？　ママよくパスタにいれてるよ？」

「……うまいでござるぅ」

「ならよかったでござる」

「私のも食べていいでござるよ」

食べかけの皿が、みんな翔の前に集められる。わたしはオリーブオイルのかかったモッツァレラチーズをフォークでさし、そのゴムみたいな食感の小さい塊を咀嚼しながら、翔の汚れた取り皿を新しいものと交換した。


夏になると、小学校で個人面談があった。手持ちのトップスがカジュアルなものばかりだったので、母親が「もう何十年選手だろ」と物持ちの良さを誇示する七分袖のブラウスを仕方なく借り、下は黒いスラックスを穿《は》いて、いつになく緊張した面持ちで小学校まで出向いた。

「ねえ、内海《うつみ》先生ってどんなひと？」

以前にも何度か聞いたことがあるけれど回答の得られなかった質問を、当日の朝になって翔に尋ねる。

「……早くしなさいっ!!」

翔が急に声を張り、人差し指を突き立てた腕を思い切り横に振った。わたしは思わず噴き出す。

「なにそれ」

「うつみせんせー。いそいでっ。はやく！　ただちにぃ！　すみやかに！」

「先生がそう言うの？」

「そうだよ。あとね、これはこの前のひなんくんれんの時」

翔は今度は両手を広げて口元で拡声器に見立てると、「えー、かきゅーてきすみやかに移動してくださぃ〜」とアナウンスを始める。あわてず、走らず、可及的すみやかに行動を。

「ずいぶんかたい言葉使うんだね」

「内海先生はスパイに追われてるんだよ。だからいつもいそいでるの。けんとくんが言ってた」

「けんとくんって誰？　仲いい子？」

「1－1のすずきけんとくん」

わたしはどこのクラスか聞きたかったというよりも翔との関係性を聞きたかったのだが、話の腰を折るわけにもいかず黙っていた。翔はこちらから聞かない限りはほとんど学校での話をしない。学校は楽しいのか、どんな授業をしたのか、友達はできたのか、詳しいことはなにひとつわからない。わたしの方から何か尋ねても、気がつけばいつも本筋とは違う方向に脱線している。

翔の担任の内海先生は、はきはきと喋る長身の女性で、初対面でなおかつ生徒の保護者である自分に対しても歯に衣着せぬ物言いに、無遠慮な印象を受けた。向かい合わせた机の先生側には書類と腕時計、いつ外したのか不織布マスクが丸まって置かれている。わたしの声が聞き取りにくいのか、何度か聞き返され、その度に会話が滞るような感覚があった。彼女は翔について、学習面は特に問題ないと述べた後で、これは協調性の問題だと思いますが、と前置きをしてから、手元のバインダーを持ち上げた。

「算数や社会の授業ではないんですけど、国語の授業のとき、頻繁に、もうやったー、とか、しってるーと言って手を上げたり立ち上がったりするんです。それでいて、発言を求めると尻込みします。たしかに小学校入学前に低学年の勉強をあらかじめ予習されている生徒さんもいますが、授業内容はカリキュラムに含まれているので、予習していてもしていなくても、きちんと落ち着いて受ける姿勢が大切だと私は思いますし、知識を鼻にかけて他の生徒の興味を引くのを見過ごすのも、教育としては良くないかなと。そういうことが何回かあったので、直接本人にも言いましたが、念のためお母さまにも。断っておきますが、決してご家庭での勉強法を否定しているわけではありませんので」

口をはさむ余裕もないまま一方的にまくしたてられ、戸惑いつつ慎重に言葉を選んだ。

「あの……我が家では何か、特別なことをしているわけではないんです。ただ、息子は、小さい頃から、辞書を引いたり、本を読んだり、言葉に対する興味が強くって。それで、同級生の子たちより、知識はあると思うんですが……別に、鼻にかけているとか、ひけらかしているわけでは——。知っていることを、つい言いたくなってしまうんだと思います。でも、先生の授業を妨害してしまったのなら、ご迷惑をおかけしました」

妨害だなんて、と内海先生は黄ばんだ前歯を見せて失笑する。わたしは自分の頬が強張るのを感じ、内海先生の目を見ていたつもりが、だんだんと視線が彼女の手元へと下がっていき、やがて無機質な机や床を這って教室の掲示板に注がれるのをやめることができなかった。

「いろんなお子さんがいますが、素直な子供は成長します」

ささくれだった親指の腹でバインダーを弾きながら先生は淡々と言葉を置いていく。緑色のバインダーが、翔とたまに遊ぶオセロ盤のように見えてくる。互角に戦えるだろうと高をくくっていたにもかかわらず、徐々に雲行きが怪しくなり、四つ角を取られ、じりじりと追い込まれる逃げ場のない状況。自分のターンなのに大した切り返しもできずに、次の一手を逡巡しつつ、相手の勢いにのまれて冷静な判断力は失われていく。わたしにはたったいま内海先生が発した言葉が前半の会話とどんな脈絡があるのかわからず、少しぼんやりとしてしまった。誰かと話しながらぼんやりとしてしまうことはわたしには珍しいことだった。しかし翔のことをもっと詳しく聞かなければ、と机の下で強く膝を合わせる。

「あの、息子は、先生から見た翔の様子は、どうですか？　その……授業以外では」

面談の途中で、流れを変えたくて、あるいは何とも言えない息苦しさから解放されたくて、自分から質問を投げかけた。

「そうですねぇ。非常に内気というか、無口で内向的なお子さんだとは思います」

何かその事実が自分にとって不都合とでもいうように、先生は顔をしかめる。わたしは思わず眉間に皺が寄るのを感じた。

「人見知りをするんです。それはよくわかっているんです。昔からなので。引っ込み思案で、気を許すのに時間がかかるというか。逆に一度心を開くと、ものすごく明るいんですよ。ちょっと理屈っぽいところはあるけど、おしゃべりで明るくて――」

明るいというフレーズを二回言ったことに気づいて、言いよどんだ。

「ご家庭での態度がどういったものか私にはわからないので」

わたしはほとんど反射的に微笑《ほほえ》んだ。心の中では様々な反逆の言葉が渦巻いていたにも拘わらず。心と裏腹の表情を浮かべなければこの場を乗り切れる気がしなかった。

「家に限ったことではないんです。幼稚園の時の、あの、今でも交流のあるお友達とも、最初の頃は全然話そうとしなくって、でもだんだん、そうですね、だんだん、少しずつ、一緒に砂場や平均台で遊んだりするうちに仲良くなって……お泊りなんかも、したりしてね。きっかけだと思うんですよ。学校も一緒で、みんなで一緒に何かをやるうちに、自然と会話が生まれて、友達になっていって――」

話しているうちに、自分でも何を言いたいのかわからなくなり言葉に詰まると、すかさず内海先生が切り込んでくる。

「あの、お母さま」

「はい」

「学校は幼稚園とはわけが違いますよ。小学校は大人数の集団生活ですし、子供の自主性を養う場です。個を尊重することも大切ですが、集団の中での連帯意識を高めていけるようになることが、今後の課題ですね」

「はあ……」

わたしと距離をとろうと無関心を装いながらも本質はお節介な母から、出がけに、先生の心証悪くしないようにね、と釘をさされたことを思い出し、内海先生の話に黙って耳をかたむける。

「それから、給食のことなんですけど、水原《みずはら》くん、クラスで一番食べるのが遅いんです。おしゃべりをしているっていうわけでもないのに。別に早食いをしろって言ってるわけではないんですよ。時間の配分を考えながら食べることも、集団生活の中では大切かと。うちのクラスでは、食べ終えたら、次の授業時間までは基本自由行動になっていて、他の子たちはみんな、教室でお友達と話したり、外に出て遊んだりしてるんです。でも水原くんはいつも最後なので、みんなと遊ぶ時間が取れないのも私は少し気になっていて。ご家庭でも、お食事の時は時間をとっておられるのでしょうか」

いいえ、とわたしは口ごもった。翔が夕食の最中、立ち上がっては本を読んだりテレビを観たり、父の膝の上にのって話し始める姿が頭をよぎり、あの、と言い直す。

「食事の時間はあまり意識していなかったんですが、今後、少し気をつけてみます」

面談後、わたしは教室の後ろの掲示物に吸い寄せられるように近づいていった。おそらくはクラスメイトそれぞれが身近な人や物を対象に描いたと思われる絵が飾られている。端から端まで一巡し、中段の左から二番目に翔の名前を見つけた。しかし、翔のものだけ作品名が空欄になっている。

「あの……」

振り返って、背後でわたしが教室を出ていくのを待っていた内海先生に尋ねる。

「……息子のだけ作品名のとこが空欄なのは――」

「ああ、これは」

先生はゆっくりと掲示物と距離を詰め、黒く塗りつぶされた動物のイラストが描かれた翔の作品を指さした。

「本人が書かなかったんです。別に描くものは自由なんですけど、生徒たちには、描き終わったら作品名を書くように伝えていて。水原くんだけ作品名を書かないから、何を描いたのって聞いても、答えないんです。耳らしきものはないけど、おそらく猫だろうと思ってそう言っても、首を横に振るからさっぱりわからなくて。描いたものを正直に教えてくれればそれでいいんですけどね」

わたしは相槌を打つ代わりに翔の作品に向けてスマホカメラのシャッターを切った。

午前中のうちに商品のディスプレイとミーティング、それに店内清掃が終わり、お昼食べにいかない？　と声をかけてきた横尾《よこお》さんと前澤《まえざわ》さんの誘いを断って、アパレルショップの階にある休憩スペースに移動し、空いている席に腰をおろす。お茶を忘れたので自販機で購入し、今朝炊いたご飯で握ったわかめのおにぎりと、アルミホイルに包まれた卵焼きとウインナーを、急いでいるわけでもないのに忙しなく口に運ぶ。おかずは、翔に作った朝食の残りだ。夕食は母親が作ってくれることが多いが、わたしや翔が家を出る時間にはまだ寝ているので、朝は自分で作らなければいけない。ときどき遅刻しそうになり、今日もそうだった。作ったご飯を翔に食べさせるよう父にお願いすると、そういう時に限って母が起きてきて、わたしを注意する。

「お父さんをいいようにつかわない」

「別につかってるわけじゃないけど」

「いいんだよ、俺はやることないから、こんくらい」

お父さんが甘やかすからつけあがるの、と仲裁に入った父までが非難される。

「ウチに同居するんだったら自分のことは自分で。翔のこともね。お母さんたちだって自分たちの仕事があるんだから。甘えない。油断するとあんたはすぐつけあがるんだから」

早朝の喧騒の中で、翔だけがひとり悠長に朝食を食べ進めている。わたしが翔のために握ったおにぎりではなく、ボウルに残っているわかめご飯を箸で拾うので、ちょっと、と声を荒らげる。

「おにぎり、作ったでしょ？　作ったのから先食べて」

不服そうにとがらせる唇についていた白ごまを指先でつまみ、怒鳴る代わりに頭に手を置き、さらさらした髪の毛をかき乱す。先日、同級生の女の子に、翔くんの髪の毛いい匂いするね、と言われたらしく、しきりに嗅ごうとしていたが、長さが足りなくて断念していた。同じシャンプー使ってるんだから、ママの嗅いでみなよ、と毛束を手ですくってみせると、少し照れくさそうな表情を浮かべて首を横に振る。小学校に入ってから、翔はたびたびそういう新鮮な表情をする。警戒というか観察というかこちらの出方を待っているようで、以前のように、無邪気に近づいてきたり、身体を密着させたりすることが減った。わたしはだから自分から翔を抱きしめる。捕獲し、じゃれあう。いま何リセットしたの？　と翔が尋ねるので、これはリセットじゃないよ、単なるスキンシップと言いながら体をくすぐる。いまよりもっと幼い頃、翔を叱った後でよく抱きしめてリセットしていた。リセットしよ、は仲直りしよ、と同義語で、改まって謝罪するより、抱きしめる方が精神的な回復が早い気がする。尚也とも事あるごとにハグひとつでリセットしていたら、収拾がつかなくなることはなかったのかもしれない。

義実家で息苦しさを感じ始めた頃、尚也はわたしに対話を求めた。話し合おうと言われ、何度も機会が設けられた。尚也が話し、わたしがそれに応えた。改善や生活や折り合いや支えという言葉が行き交い、言葉が積まれるたびわたしは絶望した。本当に大事な時に言葉はいらなくて、でも言葉がいらないということを言葉で説明しなくてはいけないことに、失望したのかもしれない。

簡単な昼食を済ませた後、何となく甘い物が食べたくなって鞄を漁ると、内ポケットの底に溶けかけたチロルチョコを発見した。いまの職場に入社してしばらくしてから、同僚の三宅《みやけ》さんにもらったものだが、翔にあげようとしてすっかり忘れてしまっていた。パッケージに三宅さんの飼い犬がプリントされているもので、「親バカだから作っちゃったー」とはにかみながら手渡され、え、今ってこんなのできるんですか、と驚いていると、できるよー、前なんか誕生日記念に長男の顔もプリントしたんだよ、と、スマホの写真を見せてくれた。三児の母で、下の子供は、たしか翔の一個下だったはずだ。次男は翔と同じ小学校だというので、内海先生のことを聞いたが、担任になったことがないのでよくわからないと返答があった。三宅さんは、休日は毎週のようにどこかに出かけているようで、パワフルな人だ。わたしは毎日時間に追われるように生きていて、時間がいくらあっても足りないというのに。自分の時間を三宅さんのような人に盗まれている気がしてきて、勝手に理不尽な気持ちになる。

翔もわたしと同じで、「時間が足りない」が口癖だ。気づいたら夜になってるからびっくりするよ、と布団に入ってからも一向に目を閉じようとしない翔に、「明日もパトロール行くんでしょ？　ちゃんと寝て、英気を養わないと」と言って寝かしつける。翔は、彼が熱心に観ているアニメ「パウ・パトロール」の影響か、誰に頼まれているわけでもないのに、放課後、通学路を巡回してから帰ってくる。

「帰る時間がいつもより遅くなるなら、家出る前に言ってよね」

夕飯時までに帰ってこない翔を咎めても、彼には一向に響かない。

「ママはさ、事件をあらかじめ予測できるの？　事件はとつぜん起こるんだよ。だからおれの『しゅつどう』も予測できない」

仕事で疲れて帰ってきてから理屈で返されると、言い返す気力もない。代わりに父を責める。

「お父さんが刑事ドラマばっかりみせる影響だからね」

「俺が見てるドラマの刑事は出動しないよ。サイバー捜査班ものだもの。パウパトの影響だろ」

なにかパウパトって、と気が向いたときにしか会話に入ってこない母親が口を開く。つい数分前まで、夕食のきんぴらに入っていた人参をよける翔に腹を立て、明日から「おかずは一品にするから！　一汁一菜」とまくし立てていたのが嘘のように穏やかな口調だ。

「翔の観てるアニメだよ。パウ・パトロール。な？　翔、ばぁばにも教えてあげたら？」

いいよ！　と翔は椅子から立ち上がり、家族で共有しているタブレットを持って母に近寄った。おれの正義がさわぐぜ！　とチェイスの決め台詞を口にしながら端末を操作し、ケントがみんなを集めるだとか、人気キャラはスカイだとか、老眼で細かい文字を追うのが苦手になってきている母のために文字を拡大して見せる。

「翔、まだご飯残ってる。ご飯中は席立たないって約束したでしょ」

「はーい」

「ママまたおこられちゃうよ」

「誰に」

「うつみせんせ」

「かきゅーてきすみやかに移動してくださいー」

「モノマネはいいから。早く食べなさい」

「そういえば、この前もうつみんにおこられた」

「なんて」

「おれがノリくんとふたりで、パトロールの最中に非常口から外出たら止められた」

「非常口から勝手に出るからでしょう」

「でもさ、おれだけおこられたんだよ！　ノリくんは、先に中に入ってなさい、って言われて、おれだけ残されてしかられた。もうチャイムは鳴ってるんだよ？　水原くんのせいでみんなの授業がおくれちゃったんだよ。わかってる？　って言われて。なにしてたの？　ってすごい聞かれて、でもおれは答えなかったのね。だって、せんにゅー捜査中だったから。非常口から出たのもそのためだったし」

「潜入捜査？」

「なのにさ、うつみんがしつこいから、パトロール中だって正直に答えたら、うつみんが、私はパトロールをしている水原くんを取り締まるためにパトロールしてますって言うんだよ。それで、おれはうつみんも仲間なんだって思って、だってさ、それってうつみんがいつもあわてて行動してるのとつじつまが合うじゃん？　スパイに追われてるんだってけんとくんは言ってたけど、実際は捜査中だったのかもしれないし。で、でね、トランシーバー持ってますかって聞いたら、なんかよくわからないけどまたおこられて、その日、午後は算数の授業だったんだけど、うつみんが黒板を、チョークで二回トントンって叩いて、そん時おれは、あ、これもしかしてモールス信号かもしれないって気づいたの。それでさ、おれは気づいてますよって証拠に、ウインクしたんだよ。ウチで練習してたじゃん？ 少しは上達してたからさ。うつみんが気づくかわからなかったから、何度もした。もちろん、うつみん以外の人には気づかれないように、教科書で壁を作りながらだけど。けどさ、授業のあとで呼び出されてきた」

口の中で唾液の泡を膨らませながら、息継ぎもないくらいの勢いでのべつ幕なしにしゃべり続けていた翔は、そこでようやく一呼吸おいて、父の差し出した麦茶で喉を潤した。夢中になって話す翔の姿は少し怖い時がある。両目をかっぴらいて、途中で誰かが口を挟んでも喋りをとめず、一方的にまくしたてる。

「饒舌だなあ翔は」

「減らず口なの。先生にうとまれるわ」

「じょーぜつって何？」

「雄弁ってことだよ」

「お父さんはいいように言うから」

「でもな翔、沈黙は金っていう言葉もあるよ」

父が翔のことわざ辞典を持ってきて開く。

「お父さんは黙ってるけどちっともお金なんてたまらないじゃない」

不機嫌そうに皮肉を漏らし、母が食べ終えた食器を片し始める。ばかそういう意味じゃないよ、と父が眉を寄せ、茶碗の縁で乾燥したご飯粒を箸先で擦り落とした。


休憩の時間が余っていたので、同じ施設内の文房具店に移動し、電動鉛筆削りと名前シールを購入する。レジ待ちの最中にスマホを見ると、尚也から連絡がきていた。

やっと少し落ち着いた。俺がそっちいくから、いつでも都合のいい日教えて——。

買い物かごを手首にかけ、文面を読む。尚也とは、わたしが翔を連れて逃げるように義実家を飛び出した手前、決して円満な別れ方ではなかった。しかし、時間が経てば、自分が何にとらわれていたのか、何が嫌だったのか、何が許せなかったのか、核心的なものが歪み、真実が不明瞭になる。気がつけば、尚也は紗希と付き合いだしていた。


慌てていたので玄関でパンプスを揃えずに部屋にあがる。仕事が終わってスマホを見ると、父親から数十件の着信が入っており、急いで帰宅したところだった。部屋の奥から翔の甲高い泣き声が聞こえてくる。

「どしたのそれ⁉」

必死になってなだめていた父を押しのけ、翔の側に寄る。フローリングの上に膝をつき、真っ赤じゃない、どうしたの、と繰り返す。翔は顔が赤く染まっていて、ところどころただれて発疹のようになっていた。わたしの顔を見ると少し落ち着きを取り戻した様子で、左手首を目の前に突き出してくる。

「引っかかれた」

「うちによく来る猫？　お母さんが可愛がってるやつでしょ？」

質問を翔ではなく、すぐそばで狼狽する父に向ける。

「たぶんね。下で猫と遊んでたら引っかかれたみたいで……急に泣きながら痛いって訴えてくるから見たら顔も赤くぶつぶつが出てるし、引っかかれたところも腫れてて、びっくりしたよ……慌てて詩織に電話かけたけど、さっきよりは少し引いたかな。なにかしようにもどうしたらいいか――」

翔の頬に触れる。発疹みたいの出てるね。痛い？　ううん、かゆい。かゆいの？　かゆい。わたしは翔の両手首を押さえて言い聞かせる。引っ掻いたら痕になるかもしれないから、触らない方がいい。

父親が、車を出すから病院に連れて行った方がいいんじゃないかと提案し、わたしの返事も待たずに慌ただしく支度をはじめる。

「駅前にも新しくできたところがあるけど、前からかかってるところのがいいよな？　先生も慣れてる人だし。診察券、どこにしまってたかな。ついこの前、取り出したからここに入ってるはずなんだけど……。子供が多いんだよあそこは。詩織も子供の頃アトピーでよく通ってただろ。覚えてない？」

　書類などをひとまとめにしてあるリビングのプラスチック製の引き出しを漁る父の背中に向かって、ねえ、と声をかける。

「ちょっと落ち着いてよ。翔はそこかかったことないでしょ。お父さんの診察券持ってってどうすんの。しかもさ、この時間まだやってるの？　ググるから待って」

　スマホで近くの皮膚科を検索すると、案の定すでに今日の分の診察は終わっていた。とりあえず今日はいったん様子見て、あした朝一で行くしかないね、と痒《かゆ》そうに顔をゆがめる翔の顔を見ながら告げる。一晩待って悪化したらどうする、救急車を呼ぼう、と冷静さを欠いた父親を諭し、ほら翔の顔見て、少し引いてきた気がする、とさして変化のない息子の顔を見ながら希望的観測を述べている間に母親がどこかから戻ってきた。

「ちょっと、どこ行ってたの？　翔の顔見てよ、引っかかれたんだよ、あの猫に」

　飄々《ひょうひょう》とした態度でリビングを横切った母親をとがめる。

「ちょっと！　聞いてんの？」

「お父さんから聞いた」

「聞いてその態度？　ねえ、お母さんが餌付けしなければあの猫うちに寄り付いてないんだよ？　だいたい野良猫なんて、どんな病気持ってるかわからないじゃない。翔が変なウイルスにでも感染してたらどうするの？　責任とってよね」

言いながら、以前店に来た猫に、思わずえびせんを与えてしまったことが想起される。母親が手に持ったビニール袋からは缶詰のキャットフードが透けて見えた。

「こんな時に、また猫に餌あげてきたんじゃないでしょうね。信じらんない」

「スターちゃんは、おとなしい猫よ。きっと、翔が何かして、警戒心から引っ掻いたんでしょ。それに、猫にちょっと引っかかれたくらいでそんな痕になるなんて聞いたことない」

「聞いたことなくても事実こうしてなってんの。顔なんか見てごらんよ。すごい痛々しい」

決まり悪そうに母親は翔に近づいて、顔を覗き込む。

「アレルギーじゃないの？　猫に反応するんだよ。血液検査すればわかるんじゃない？　お母さんの友達で同じような症状の子いたもん。またスターちゃんがお店に来ても、近づかないことね」

「子供なんだからそんなこと言ったってわかるわけないでしょ！　近づかないんじゃなくて近づけないで！　家に入れないで！」

ママ、と翔がわたしの手を引く。

「ばぁば泣いちゃうよ」

言い過ぎたと我に返り、こういう時こそ、得意のことわざを言ったらいいのではないかと救いを求めるように翔の顔を見つめたが、彼は痒そうに顔をゆがめるばかりだった。


カウンターの下で足を組み替える。スマホの画面をテーブルに伏せ、コーヒーを啜った。

「時間だいじょうぶ？」

「だいじょぶだいじょぶ。いちお、親にラインしといた」

「ならよかった」

店に入った時から狙っていた奥のソファ席がようやく空いたのが視界に映ったが、話の腰を折るのが億劫で、言い出せないまま相槌を打つ。

「残業って言っといたから、あんま長居はできないけど」

「うん！　私も今日はこの後飲み会なんだよね。詩織にはお土産渡しにきただけだから」

昨日の夜、女テニの飲み会に参加できなかったので、奈津美がお土産を持って職場近くまで来てくれた。賞味期限短いから、どうしても今日渡したくって、と手渡され、そのまま流れでカフェに入った。帰ったら、母親から小言のひとつも言われるかもしれない。

「お母さんとは？　相変わらず？」

「絶賛喧嘩中。まだ仕事始めたばっかだし、翔とふたりで住む家借りられるようになるまでは当面実家暮らしじゃん？　父親はよく翔の面倒みてくれるけど、母親とは馬が合わないからさあ。喧嘩するたびにいつ追い出されるかって冷や冷やしちゃう」

「でもさ、詩織のとこは、家にいてくれるわけでしょ。仕事とか、それこそ飲んで遅くなってもみててくれるってめちゃくちゃ助からない？」

　奈津美は、つまようじが刺さった一口サイズのケーキを口に運ぶ。ネイルサロンでしてもらったというピンクのグラデネイルが眩しい。試食でもらったケーキが入っていた白いおかずカップは、母親が作ってくれていた学生時代の弁当を想起させた。

「今はねー。だけどお母さんは最近店閉めて近所の人の仕事手伝いに行ってるし、お父さんは配送多くて家空けること増えてさ。翔に鍵持たせるように言われたんだけど、わたしはそっちのが怖いわ」

「鍵っ子ね。なくすのが心配だよね。留守中に友達家に連れ込まれても嫌だし」

「翔はさ、絶対なくすの目に見えてるんだもん。普段から落とし物とか忘れ物とかめちゃくちゃ多いのあの子。この前なんか、友達の絵具セット持って帰ってきちゃって、仕事終わってから慌ててその子の家に返しに行ったわ、手土産持って」

「うわー、まじ大変だねえ」

「この前テレビでＡＤＨＤの特集やっててさ。最近多いんだって子供に。症状見てたらだいたい翔に当てはまるから焦ったわ」

「なんかそういうのって占いじゃないけど、言われてみればそうかもって思っちゃわない？」

「思うよ。でもさ、実際あの子落ち着きないし。スイッチ入ると周りの目お構いなしに一気にしゃべるし。食事の時に、食べる行為にだけ集中できないんだよね。この前も、担任の先生に、一人だけ給食食べ終わるのがめっちゃ遅いって言われてさ。わかってはいるんだけど食べる速さって人それぞれだし、焦って食べるのも良くないじゃない？　なんか、目の敵にされてんのかなー」

「ええ？　そーなの？　翔くんいい子じゃん。一回しか会ったことないけど」

「面談行った時、翔の言動が気に食わないって感じだった。翔の知ったかぶりが授業を妨害するとかなんとか。あの子、その先生の前では全然話さないらしいんだよね。無口で内向的って言われたわ。最近はわりと初対面の人の前でも話すし、たぶんその先生に限ったことだと思うんだけど。気になって昨日の夜調べちゃった」

「何を？」

「特定の人の前でだけ無口になる症状。そしたらさ、ほんとにそういう症状あるのね」

「へえ、そうなの？」

症状名を思い出せず、伏せたスマホを手に取り、検索ボックスに文字を打ち込む。そういえば、と奈津美がスツールから腰を浮かせて前のめりになる。

「翔くんの話してて思い出したけど蒼汰っていたじゃん？　中学の時のタメの。詩織は小学校の時からだったっけ？」

「蒼汰ね。わかるよ。わたしの初恋の子だから」

「ええ！　まじ？」

「いや、小学校の時だけどね。仲良かったから。前に店番してた時、久しぶりにお母さんとも会ったわ。すっかり老け込んじゃってて、お母さんっていうより、おばあさんって感じだったけど。なんか、海外に行ってるってちらりと聞いたけど。地元にはいないみたい」

「引きこもりらしーよ」

「引きこもり？」

「そう。びっくりだよね。全然そんな感じしなかったし」

「いつから？　大学卒業してからとか……？」

「私も直接聞いたわけじゃないから、いつからとかはわかんない。でもさ、つらいよね、親としては。自分の子供には、どういう形であれ、社会とはつながっててほしいっていうか」

奈津美はそれから、何の話してたっけ？　とバッグを漁って自分のスマホを取り出した。

「そろそろ時間？」

「かも！　でも店近いからまだへーき」

わたしはうまく気持ちを切り替えられず、蒼汰の顔を思い出そうとしたが、靄《もや》がかかったようにぼんやりとしか浮かんでこない。その靄を無理やりにでも取り除くと、そこに見えてくるのは翔の無邪気な笑顔で、翔が将来引きこもりになったらどうしようと、わたしはまたいらぬ不安をおぼえた。

自宅に着く頃には十九時をまわっていた。店が閉まっていて、家に上がっても誰もいない。慌てて父のスマホに電話を掛けると、電話口には母が出た。

「ちょうど今あんたに電話かけようと思ってたとこ」

「今どこ？」

「どこって病院。お父さん怪我《けが》したの。配達中に、階段から落ちて」

「まじで？　大丈夫なの？」

「足の指骨折で入院だって。まだかかるから」

「翔もそっち？」

「は？　あんた、翔と一緒じゃないの？　もう帰ってきてるでしょ？」

「それが、わたしもいま帰ってきたところで……」

母の言葉を聞く前に、家を飛び出した。いつもなら翔はとっくに帰宅している時間だ。翔は鍵を持っていない。家に帰って誰もいなかったので、友達の家に行ったか近所で遊んでいるか――。不安に駆られ、ラインを知っているクラスメイトの親に連絡を入れ、顔見知りのご近所宅を数軒まわってから、また家の前まで戻ると、翔が店の前に突っ立っていた。

「翔！」

「あ、ママ」

「どこ行ってたの？」

「しょうまくんとしょうまくんのお兄ちゃんと一緒にゲーセン」

「今帰ってきたの？」

「そーだよ」

「お金は？」

「持ってない」

「持ってないのにゲーセン行ったの？」

「あのさ、レースゲーム見てた。しょうまくんとしょうまくんのお兄ちゃんがやってるとこ。しょうまくんのお兄ちゃん、めっちゃうまいんだよ。超かっけえ」

翔は豪快にハンドルをまわす手つきをしながら熱のこもった口調でまくし立てる。最近、友達の影響なのか、何となく粗雑な話し方になった。

「こんな時間までいたの？」

「うん」

「ずっと？」

「ずっといた」

「ママ心配したよ。心配していろんな人にラインしちゃった。けんとくんとこにも、さやかちゃんのとこにも、あと飯島《いいじま》くんのママがやってるお店にも」

「行方不明届は？」

「出してない。でもあと少しで出しに行ってたかも」

しゃがんで、静かに抱きしめた。ランドセルが邪魔でうまく手がまわらない。わたしのお腹が情けない音を立てて鳴ると、翔がポケットに入っていたフーセンガムを差し出してくる。

「しょうまくんがくれた。ママにも分けてあげる。何味がいい？」


週末、スケジュールに入っていた尚也と会う機会は、翌週に持ち越しとなった。

前日に、体調不良で延期したいというラインが送られてきて、翔に何と伝えるべきか逡巡しながら返信を打ちかけていると、続けてメッセージが入った。

——熱はないんだよ。ただ咳が出るから、万が一うつしたら申し訳ない。

翔を呼び寄せ、スマホの画面を見せて告げる。

「パパ、風邪ひいちゃったって」

「風邪？」

「そうみたい。だから、会えるのは次の週だって」

「パパ、大丈夫かなあ」

「大丈夫だよ」

「でも風邪なら仕方ないね」

拗ねるだろうとばかり思っていた翔の殊勝な態度に驚きつつ、来週行けるから、となおも続けると、うぃー、とお気に入りのミニカーを滑らせながら生返事が返ってきた。

せめてもの贖罪にと、週末翔を連れて都心まで食事に出た。わざわざ都心まで出たのにも拘わらず、翔は自宅の最寄り駅にもあるミスドに行きたいと言って譲らない。汁そばとドーナツが食べたいとしつこく主張する。欲張って三個も注文したドーナツを、翔は結局残してわたしが片付けるはめになった。

帰宅途中、駅のホームで唐突に尚也の話を振られた。

「ねえ、パパ、風邪治ったかな」

「そんなにすぐは治らないんじゃない？」

「ひとりでだいじょぶかな？」

「大丈夫だよ」

「今から会いにいこーよ。パパんちに」

「だめだよ。パパは風邪ひいてるんだから」

「じゃあ、看病しに行ってあげよ」

「だめだって」

運よく座席に座れた車内で、翔は懲りもせず尚也の話を展開させた。

「こんどさ、パパ、うちに泊まりに来てくれないかな」

「無理だよぉ」

「せまいから？」

「うーん？」

「パパの寝るスペースないから、だから、パパはうちに来れないの？」

「……そういうことじゃないけど」

「なんで？　どうして？」

口ごもると、翔はいっそうしつこく追及してきた。答えにくい場合に限って、容赦ない尋問を浴びせられる。家であれば逃げるようにその場を立ち去り、父に対応を任せているが外ではそうはいかなかった。

「お布団が足りない。だから泊まれないよ」

「おれの布団、パパに半分貸してあげるよ。だから大丈夫」

「パパは身体大きいから無理だよ。はみ出ちゃうよ」

「そしたらさ、ママの布団をおれの布団とくっつけて、真ん中にパパのスペース作ってあげよーよ。二枚あれば絶対大丈夫だよ」

「どうかなあ」

「大丈夫だよ。やってみようよ。それかさ、ビニールシートあるじゃんうちに。あれ広げてザコネは？」

「雑魚寝？」

「ゆきちゃんちのお兄ちゃんのまさとくん、合宿でザコネしたって。みんなでさ、布団とかなくてごろごろするの。すごい楽しいんだって」

「あれはみんなで集まって大勢でやるから楽しいの」

「たくさんいるよ、おれでしょ、パパでしょ、ママでしょ、あとじぃじ、あとイーブイとミュウツー、ばぁばは嫌がりそうだけど、まあ、おれが頑張ってせっとくするよ」

落ち着きなくわたしの方に身体を向け、翔はしつこく粘った。

「とにかく！」

電車が走り出すと、わたしは意識的に険しい表情を浮かべ、少し声を張り上げた。ダメなものはダメなの！　翔は押し黙ったが、またしばらくするとわたしを見上げて反論めいた言葉をつぶやく。その声は当然のように電車の騒音にかき消され、ほとんどわたしの耳には届かなかった。

やがて翔は何の反応も得られないことに機嫌を損ねたのか、席に座り直すと、しばらくしてわたしが腿の上に置いたハンドバッグを枕代わりに眠りに落ちた。髪に触れても、次だよ、と何度か声をかけても、目を開けなかった。

出がけに、今日は自分が夕飯を作ると言ってしまった手前、食材を調達しようと最寄り駅のスーパーに立ち寄った。黙ってわたしに手を引かれる翔の瞼は重たい。帰りの電車の中で翔は途中から眠ってしまい、到着ぎりぎりで肩を揺らすと目を開けたが、話しかけても寝ぼけ眼で返答もなかった。

翔を引きずるようにして品物をカゴに入れ、比較的空いているレジを選んで最後尾につく。

「ねむいぃ」

スカート越しに腿に頬を押しつけて甘える翔の、額に張り付いた髪を撫でつける。紗希はわたしに目元が似ていると言っていたけれど、実際には額と目元は尚也似で、鼻と口元はわたしに似ている。

「ママとパパの要素がバランスよく受け継がれたな」

生まれた時はチンパンジーにそっくりだったけれど、徐々に人間らしい顔つきになってきて、それぞれの顔の特徴が見えてくると、尚也は嬉々として翔の顔を分析した。顔の話になればいつも、義母が対抗意識を燃やすように「髪が黒いのはおばあちゃんに似たのよねえ」と割り込み、「髪なんかみんな黒いだろ」と冷静に言葉を返す尚也にではなく、翔に向かって、「尚也は少し茶色がかってるでしょ。ねえ?」と穏やかな口調で抗言していた。この世に否定語など存在していないかのごとく誰の言葉にも満面の笑みで首を縦に振っていた幼い翔は、その時もやはり義母を見て頷いた気がする。

　夫婦の顔つきが似てくるみたいに、これからは一緒に過ごす時間の長いわたしの顔つきにもっと似てくるかもしれない。

「ママ並んでるから、お菓子選んできていいよ」

「ほんと？」

　わずかしか開いていなかった瞼が持ち上がると同時に、わたしからパッと身体を離し、お菓子コーナーに向かって一目散に駆けだしていく。いっこだからねー、と背中に向かって告げると、翔は陳列棚の前で立ち止まって振り返り、左目で不器用なウインクをきめてからまた走っていった。列が動き、わたしは腕にかけていたカゴを持ち替えながら前へ進む。

　翔がお気に入りの四連小袋のスナック菓子を手に喜び勇んで舞い戻ってきた時、わたしは他に意識が向いていてすぐには反応できなかった。

「ママ？」

「……ん？　いいよそれで。……カゴに入れて」

「おれが持ってる！」

　お菓子を誰にも奪われまいと胸元に抱える翔に、何か言葉を発する気力もないまま、順番がまわってきたので、カゴをレジの台に乗せた。会計が終わる頃になって、翔が先ほどのお菓子をまだ抱えていることに気づき、「ぴ、してもらって」と促す。翔はそれに応じず、わたしがあきらめてお菓子の端を引っ張るのと、店員が微笑みながらバーコードを通すのがほぼ同時だった。袋詰めを行い、店を出た。眠気のさめた翔は、横でしきりに話を振ってくる。

「ママってば！」

「わかったから。少し静かにしてて。ママ疲れてる」

翔は不思議そうに立ち止まったが、わたしは歩みを止めなかった。先ほどのスーパーで、わたしが並んでいたレジの隣には紗希がいて、危うく声を掛けてしまうところだった。実際、少し声を上げかけたが、周囲が混雑していたせいか彼女は気づかなかった。紗希の隣には背の高い男がいて、わたしにはすぐにそれが尚也だとわかった。被っているキャップも、着ているアウターも、履いているスニーカーも、背格好も、尚也そのものだった。肩にかかっているバッグだけが違っていて、おそらくそれは紗希のものなのだろう。紗希は笑っていた。

帰宅するなり、すぐにキッチンに立った。ニンニクを切り、玉ねぎを切り、人参を切った。翔の苦手なピーマンをたくさんみじん切りにし、油を引いて炒めた。

炒めながら、スーパーで見かけたふたりについて考えた。紗希の背中は、昔の自分の背中のようだった。これから、ふたりは結婚するのかもしれない。あの家で、義母とともに、新しい生活を始めるのかもしれない。子供も生まれるかもしれない。わたしができなかった生活を、彼女はこなすのだろうか。わたしがいられなかった世界を、彼女はまっとうするのだろうか。しかし何もかも、もうわたしには関係のないことで、わたしが気に病むことではなく、だがわたしには翔がいた。

「何食べてきたの」

粉末のコンソメを振りかけ過ぎて思わず舌打ちしていると、背後で翔の相手をしていた父が話を振ってくる。わたしが聞こえないフリをしていると、「ドーナッツ食べたんだよ！」と翔が代わりに答える。

「ドーナツ！　美味しかった？」

「ちがうよじぃじ！　ドーナッツ!!　美味しかった」

翔が父にドーナッツの発音のこだわりを展開させている間に夕食は出来上がり、その頃には風呂からあがった母もリビングに揃い、仮眠をとった分エネルギーが有り余っている翔は、来週尚也と一緒に向かうことになっている鉄道模型の施設について、ネットで見た情報を繰り返し家族全員に聞こえる声量でまくし立てていた。

「話はそのへんにして、早く食べちゃいなさい」

ピーマンが多く、思うように箸の進まない翔に、わたしは静かに言い放つ。

「翔が食事中も注意散漫でみんなより食べるの遅いから、ママ、先生に怒られちゃうんだよ。食べる時は食べることだけに集中しなさい。喋るのは終わってからいくらでもできるんだから」

チャーハンは味が濃くて、全体的に少しべたついていた。米と卵の順番を誤ったからかもしれないし、野菜の水気をきちんと切らなかったせいかもしれない。尚也はほとんど料理をしなかったけれど、チャーハンだけはわたしより上手く作った。だからチャーハンは尚也の担当で、わたしはちっとも上達しなかった。あのふたりは、スーパーで何を買ったのだろう、とわたしは想像する。わたしには関係のないことだった。わたしはスマホのストップウォッチを起動させ、「今日から、食べる時間はかろう」と翔に提案する。翔が戸惑った表情でわたしを見つめる、その顔は尚也に似ていた。

「いい？　スタートするよ？」

翔は首を左右に振り、ちゃんと食べる、と俯いた。

「ちゃんと食べないから計るの。翔が食べるのが遅くて、みんなに迷惑がかかるから計るんだよ」

「……ごめんなさい」

「謝るんじゃなくって、ママは別に謝ってほしいわけじゃないんだから。早く食べてってそれだけよ。いい？　計るよ？　ねえ、ちゃんとスプーン持って。まっすぐ座って」

次の瞬間、翔は火が付いたように泣き出し、わたしはスプーンを翔の皿めがけて放った。金属質な音が響き、床に落ちたスプーンを父が拾う。

「わたしばっかり、頑張ってる」

母は黙々と食べ続けていた。わたしの皿にもまだチャーハンが残っていて、わたしは父が拾ったスプーンを流しで洗ってから席についた。

夕食後に皿を洗い、そのまま休みなく母が取り込んでおいてくれた洗濯物を畳んだ。畳んでいる最中に風呂からあがった翔が火照った顔でわたしの側に寄ってきて、顔をのぞきこんでくる。泣いたせいか、瞼の縁が少し赤い。

「……ママ？」

「ん？」

「ママ怒ってる？」

「怒ってないよ。……どした？」

「お風呂入ってきた！」

「うん。髪は？ ちゃんと乾かした？」

「うん！ 自分で乾かした」

「えらい。歯は？ ちゃんと磨いた？」

「磨いたよ！ おいしかった!!」

「おいしかったの？」

「そう！ 甘くておいしい！」

「歯磨き粉か。食べてないよね？ ちゃんとブクブクした？」

「食べてないっ。ちゃんとした！」

「おけ。明日の支度は？」

「ぜんぶしたよ！　完ぺき」

「おお〜。じゃあ、後は寝るだけね」

「うん！　おれ、満点？」

「満点満点よくできた」

「はなまるくれる？」

翔が自分の額を突き出してきたので、指の腹で大きな花まるを描くと、それだけでは飽き足らず、二の腕や足の裏にも求めてきたので、欲張らない！　と一喝した。

「遊んでるなら手伝ってよ〜」

「いいよ！　そしたら、背中にも花まるちょーだい」

交換条件を出してきたので、交渉をのんで服を手渡す。よっしゃ、と言いながら威勢よく畳み始めたものの、ものの数分で放り出し、指を銃に見立ててわたしを撃つ遊びをはじめた。二度ほど弾をよけて、三度目で食らって仰向けに倒れてみた。倒れるとどっと力が抜けた。部屋の照明が明るくて、目を閉じる。

建物のエントランスに大きな赤い電車が見えた途端、翔は歓喜した。

「ねえ、見て、すごい‼　あれ、中入れるの？　乗りたい！　早く行こ‼」

興奮しながらわたしの手を引っ張って進む。

「待ってよ。ママ食べたばっかで走れないよ」

もし今日尚也がここに来ていたら、とわたしは想像する。翔は左手に尚也、右手にわたしの手を引いて先導していたに違いない。わたしの左手は、翔が飲み残したファンタが入った容器でうまっている。

「ジュース飲まないの？」

翔の背中に向かって声をかけたが、反応はなかった。指から水滴が垂れる。容器の中身が、歩く速度に応じて揺れていた。翔がストローをすきっ歯に押し込んで遊んでいたせいか、先端がつぶれている。外気温は高く、中の氷はあっという間に溶け、ちゃぷちゃぷと波のように起伏する液体のシルエットが、水滴のついた白い容器の外側から見えた。学生時代に尚也からプレゼントされたグリッタータイプのスマホケースがよみがえる。スマホの背面に海を模した青い液体と、ラメや星型のスパンコールが入っており、その中をクラゲが泳いでいた。スノードームさながら傾けると中の液体が揺れ、幻想的なムードが漂う。サプライズだと言って何の記念日でもない日に突然渡されたそのスマホケースは、わたしの持っている機種とは合わなかった。

「おそいぃぃぃぃ。はやくぅ。もしかしたらパパ、先に着いちゃってるかもよ」

翔がまた腕を強く引っ張り急かすので、わたしは抵抗するのをやめて歩調を速めた。

——今日、パパ来られないかもしれないって。

翔になぜそんな曖昧な伝え方をしたのか、自分でもよくわからなかった。わたしが尚也を断ったのに。前日になって、急に用事ができたと連絡を入れて断った。翔は、昨夜の夕飯の席でも、尚也に会えるのをひどく楽しみにしていた。

「明日、パパと会うんだよ！」

母の作った筑前煮の、椎茸だけ皿の端に追いやって、翔ははしゃいでいた。わたしは家の中で尚也の話が出ることに居心地の悪さを覚え、すぐに話題を転じる。

「電車のジオラマ、見に行くんだよね？」

「そうっ。けんとくんに言ったら、いいなあってうらやましがられた。でもけんとくんも日曜日にお父さんと出かけるらしい」

「けんとくんは、どこに行くの？」

「ピューロランド。けんとくんは他のとこ行きたかったらしいけど、妹にジャンケンで負けたんだって」

翔はご機嫌で、右手に握っていた箸をいつしかミニカーに持ち替えてテーブルの上を走らせている。

「誰が行こうって言ったの？」

食事をしていた母が、不意に顔をあげてわたしに話を振ってくる。猫の一件以来、母の態度はどこかよそよそしくて、常に剣呑《けんのん》な雰囲気が漂っていたので、わたしは少し戸惑った。

「何が？」

「電車。誰が見に行こうって言い出したの？　翔？」

「どうだったかな。尚也と会うってなって、どうせなら翔の行きたい場所に連れて行こうって話になったと思うけど」

　わたしには、母が何を言いたいのかわからなかった。

「連絡取ってないって言ってたのに、また取り始めたの？」

「それは……翔が、会いたがってたから」

「あんたはどうしたいの？」

「何が？」

「今後。尚也くんと」

「どうもしないよ。わたしはただ、翔に寂しい思いさせたくないなって」

　斜め前に座る父の視線を感じ、わたしの声は俄かに小さくなった。翔は既に椅子から立ち上がり、テレビに見入っていた。

「あんたの同級生と付き合ってるんでしょ」

　自分の身体が熱くなるのを感じた。母は表情ひとつ変えない。

「なに、知ってたの」

「たまたま知ったの」

「そうやって、詮索されるのとか、気持ち悪い」

「詮索なんかしてません。人聞き悪いこと言わないで」

「してるでしょ。直接聞かないで、勝手に陰でこそこそ嗅ぎ回って、娘のこと知った気になってるじゃない」

「あんたに興味なんかありません。だいたい、そんなに詮索されるのが嫌だったら、出て行ったらいいでしょ」

「なんでそうなるの？　なんでそうやって話がいつも勝手に飛躍するわけ？」

「翔をダシにしてあんたが会いたいんじゃないの？」

母は、テーブルに身を乗り出して、翔の残した椎茸に箸を伸ばしながら言った。父が、母が取りやすいように皿を持ち上げて母の近くに寄せる。わたしは父を見た。父はわたしと目が合うと、決まり悪そうに俯いて、ご飯を口に運んだ。

「勘違いしないでよ。わたし、あんな男に未練なんかないから。嫌いで別れたんだもん。大っ嫌いで別れたの。正直、翔のことがなかったら顔も見たくないし。何も知らないでしょう。何も知らないのに知ったように言わないで。あいつは――」

翔が、わたしを見ていた。さっきまでテレビを観ていたはずなのに。わたしはゆっくりと翔から視線を逸らした。

エントランスの前までくると、翔はつないでいた手をパッと離し、走らないよーというわたしの忠告も虚しく一人で電車の乗降口に向かって駆けだしていった。

「すごい電車だねぇ。なんていうやつ？　かっこいいね！」

小走りで翔に追いついて、彼の肩に手を置きながら視線を合わせるように腰を屈める。

「わからない……でもさ、ほんとかっこいいね」

瞳を輝かせ、恍惚とした表情で電車の展示を見上げる翔の顔をスマホのカメラで撮影した。青天に赤い電車のコントラストがいい。目深に被った尚也とお揃いのニューエラのキャップの下から、弾けるような笑みがこぼれる。

何枚か撮れたことに満足して今度は動画を回し始めると、翔にまた手を引かれ急かされる。

「ママも早く！　こっち、横から見てよ。超かっこいい。ねえ、これ乗れないのかな？」

「これは展示物だから乗れないみたいだね。残念だけど」

不服そうに唇を尖らせて車体の床下に視線を下げる翔に、どこかに説明はないのかと電車の周縁をぐるりとまわってみる。社屋側にそれらしき掲示物が設けられていたが、他の家族連れや小さな子供たちが占拠しており、近づきがたい。スマホで検索をかけると、電車の情報が出てきた。

「翔、この電車、京浜急行電鉄だって。京急デハ２６８号。ほら、正面から見てごらん。ここに書いてある」

　手招きされるがまま、翔はわたしと一緒に車体の正面にまわりこむ。しかし先ほどの人だかりがいなくなっていることに気がつくと、もう一度車体の側面にまわってから、乗るところのステップはじめて見た、と興奮気味に目を凝らした。

「昔はホームが低かったから、段差を埋めるためにステップがあったんだって」とスマホを片手に解説を始める頃には、翔は社屋のガラス扉の奥に走行展示されている巨大なジオラマ模型を発見し、興奮のあまりうまく言葉にならない声をあげながら再び駆けだした。

　館内は家族連れも多かったが、おそらくは鉄道マニアと思しき風貌の男性が何人かカメラを構えながら歩いており、鉄オタの聖地だと呑気に観察していたのも束の間、何気なく目に留まった「はやぶさ」の基本セット価格に、思わず尻込みしてしまう。翔は、わたしの隣で、ショウケースに手をついて熱心に眺めていた。

「すんごい緻密。精巧に作られてる」

　駅で電車を待っている風のサラリーマンや、ランドセルを背負った小学生といった、シチュエーション別にセットになっている人間の模型、ヤマト運輸のコンテナ付貨車を見て面白がっていた翔は、中でも外国型のデザインの列車に心を奪われたようで、シックな色調の「ボールドウィン」や「ウォーリィ建設列車セット」を指さして「かっちょいい」と感嘆の声をあげながら、いつまでもその場を離れなかった。

ひととおり模型製品を眺めてから、翔がおしっこ行きたいと申告してきたので、トイレ休憩を挟んで戻ると、すでにトイレから戻っていた翔は入口付近のショウケースを覗き込んでいた。

「何か欲しいものあった？」

翔の肩に手をおきながら尋ねる。ショウケースの中には、自分でトロッコを組み立てるはんだ付けキットの展示とともに、草や苔、花びらといった装飾や部品が販売されている。

「パパに買ってもらう」

翔はわたしを見上げて言った。キャップのツバが、小さな顔に影を落としている。

「なんで？」

「だって、パパのがお金持ちじゃん」

「ママだってお金持ちだよー」

くすぐりながら反論したが、翔は首を横に振り、下を向いて身をよじった。透明なガラスケースに、わたしと翔の顔が映りこんでいる。屈んで、頬に顔を寄せ、華奢な身体を抱きすくめる。翔は、少し顎を引いた。身体が熱くて一瞬心配になったが、翔の身体はもとから熱かったと思い直す。頬や耳たぶが赤く染まっていて、首筋にかかる息も同様に熱かった。

ショウルームのメインであるジオラマ模型は、区画ごとに趣向が凝らされ、壮観だった。買い物を終えた後でまだきちんと見ていないことに気づき、側まで近寄って眺める。市街地のショッピングモールの上にある駐車場を眺めていると、翔がわたしに身体を寄せて模型の一部を指で示した。

「あそこにある、あれ、かわいい」

「なに？　ああ、民泊？　かわいいいね。明かりが灯ってる。見て、あそこにある食堂も」

食堂の横には青い車が一台駐車され、側の自動販売機の前には人が立っていた。

「旗も立ってるよ翔。ラーメンに、浜焼きだって。すごいね。ほんとにディテールまで凝ってる」

「ねえ、ママ、あそこにふみきりがある。近くにパトカーいるよ」

「ほんと。標識もあるね」

翔は、あっちも気になる、と好奇心に誘引されるように、わたしの手を取り、ジオラマを囲う手すりに沿って歩き出した。走行する車両が音を立てて近くにまわってくると、手すりから身を乗り出して声を弾ませる。

「きたきた！　こっちきたぁ‼」

車両が通り過ぎると、翔はそれを追いかけて、わたしの側から離れた。翔のいた空間にすぐに他の子供がやってきて、わたしの隣は埋まった。その子供を、父親らしき男性が軽々と持ち上げる。

「ママもはやくっ」

手招きされ、ようやくわたしはその場を離れ、翔のもとへ向かった。車両に夢中の翔に、先に行かないようにと忠告をした後で、よいしょーと気合を入れて、身体を持ち上げる。翔が、高い笑い声をあげ、わたしの首に腕をまわした。昔はもっと軽々と持ち上げられたが、久しぶりなのと体重の増加も相まって、うまく安定しなかった。持ち上げた際に服がめくれて、翔の白い肌がむきだしになる。翔は今朝、パパに会うからあれ穿いてかなきゃ、とパウパトのチェイスがプリントされたお気に入りのトランクスを父を巻き込んで探して、それがベランダの物干し竿にかかっているのを発見すると、半乾きのそれをどうしても穿くといってきかなかった。いま、その水色のトランクスのウエスト部分がのぞき、ご機嫌な顔をしたチェイスの耳が見えた。翔は頑固だ。頑固なところは、誰に似たのだろう。

バランスを取るように翔の身体を持ち直す。昔こんな風に外で翔を持ち上げて肩にのせていた尚也が、トイレまでおしっこを我慢できなかった翔に上着を汚されたのを思い出した。あれは遊園地だったか。もしかしたら動物園か水族館だったかもしれない。翔を連れて三人であちこち行ったから記憶が混在してしまってうまく思い出せない。そういえば水族館に行った時、翔にねだられて尚也が買ってあげたお気に入りのイルカのぬいぐるみを押入れにしまったままだが、翔は出してほしいと言ってこない。

「ねえママ？」

翔は列車を見送った後、至近距離でわたしの髪の毛に触れながら尋ねた。

「んー？」

「パパおそいね」

「パパ、今日はもう来られないんじゃないかな」

わたしが顔を傾けると、翔は髪から手を離した。

「どーして」

「どうしても」

「道に迷っちゃったのかな」

「迷子かもね」

「大人なのに？」

「大人だって道に迷う時あるよ」

「行方不明届、出したほうがいいかな」

わたしの腕は、翔の重みに持ちこたえられそうになかった。

「うちに帰ったら書こうか」

「うん、早く書かなきゃ。パパが見つからない」

「……見つからなかったらどうする？」

「パパ？」

「うん」

「さがしに行く。おれ、パトロール得意だから、すぐに見つけられる自信ある」

「そっか」

「そーだよ。ママのことも、すぐに見つけられる」

「ほんと？」

「ほんとだよ。ねえママ」

「なに？」

「どうして泣いてるの」

翔をおろして、わからない、と答えた。

視線の先には、人の手で作られた街があり、道路があり、山があり、谷があり、海があった。いつか過ごした親戚の別荘に似た家があった。翔と尚也とわたしの、三人で行ったホームセンターに似ている建物もあった。深夜営業のコンビニ、乗り捨てた自転車、コインパーキングに停められた車はすべてが同じ形、同じ向きではないように見える。歩き出しそうな人と、歩いている人と立ち止まっている人がいて、待っている人と待たせている人と行くあてのない人がいて、でも本当はそうではないのかもしれない。動いて見える日常は実際には滞ったままで、動いているように見える人々は、本当は一ミリも動いていない。動いているのは列車だけだった。列車は軽快な音を響かせながら線路を走り続けていた。速度は一定だった。わたしは動いているものに焦点をあわせた。

初出

掌中　『文學界』二〇二三年三月号　文藝春秋
可及的に、すみやかに　『文學界』二〇二四年七月号　文藝春秋

山下紘加

1994年、東京都生まれ。2015年「ドール」で文藝賞を受賞しデビュー。22年「あくてえ」で第167回芥川賞候補に。主な著作に『エラー』『煩悩』などがある。

可及的《かきゅうてき》に、すみやかに

2024年9月25日　初版発行

著　者　山《やま》下《した》紘《ひろ》加《か》

発行者　安部順一

発行所　中央公論新社

〒100-8152　東京都千代田区大手町1-7-1
電話　販売 03-5299-1730　編集 03-5299-1740
URL https://www.chuko.co.jp/

DTP　嵐下英治
印　刷　大日本印刷
製　本　小泉製本

Published by CHUOKORON-SHINSHA, INC.
Printed in Japan　ISBN978-4-12-005829-5 C0093